源氏物語の「今」——時間と衣食住の視点から◎目次

I　物語の過去・現在・未来

Ⅱ　衣食住から見た物語の身体

凡例

＊「源氏物語」本文の引用は、新編日本古典文学全集『源氏物語』①〜⑥（小学館）により、巻名および頁数を付記した。

＊「源氏物語」以外のしばしば引用する文学作品は、原則として新編日本古典文学全集（小学館）により、巻名と頁数を示した。その他の本文による場合は、その都度明記した。

＊史書・古記録類の引用については原則として表記をそのままにした。ただし、校訂者による傍注の類は原則として省略した。

はじめに

本書は、『源氏物語』の言葉を物語のテクストから読み取り、その読みを提出したものである。ここで読み解く言葉とは、どこにでもありふれた日常身近にある言葉である。それらが物語の中で切実なものとして語られることを、言葉を手がかりに読み解きたい。時間や衣食住に関わるささやかな言葉を、登場人物の身体に根ざしたものとして読み取り、それが表す世界を提起していきたい。

以上の視点に立ち、本書の概要を述べれば、I「物語の過去・現在・未来」では、物語の時間が登場人物と深い関わりを持つことを考察した。

従来は、年代記的な時間研究や物語の時間秩序や空間との関係などにおいて研究がなされ、物語の中に流れる時間のありようが明らかにされてきたが、(1) ここでは、その表現と登場人物や物語展開との関わりについて、さらなる考察をした。

具体的には、1「「いにしへ」を思う夕霧」では、「「いにしへ」を思う」と「「昔」を思う」の表現内容の違いから、夕霧巻を捉えてみた。塗籠の中で落葉の宮に拒絶された夕霧は、雲居雁との「いにしへ」を思い出すことによって自己救済していく。雲居雁との過去を「いにしへ」と捉えていることから、夕霧の心の中で雲居雁は、現在にまで続いているかけがえのない妻であることが分かる。それに対して、夕霧が「いにしへ」と言った過去を、雲居雁は、夕霧との過酷な現状では、「昔」としてしか捉えようがなかった。二人の過去の捉え方には、心の齟齬が浮き彫りにされている。

その確執は、色恋沙汰はこりごりという述懐を夕霧に抱かせる。それが、一連の落葉の宮と雲居雁との関係収束に繋がるのであるが、「いにしへ」を思う過去から現在に続く合理的な夕霧の思考が、恋という問題を本質からはずし、風化させ、現実的な解決だけをもたらしたこととなる。

2「八の宮の「亡からむ後」」では、『源氏物語』の「～後」という表現を考察した。「～後」という表現が物語の過去の出来事を位置づけし直すことによって、その後の世界が構築されることをおさえ、そのうえで『源氏物語』正編の巻頭に見られる「～後」という表現は、物語内容を皇統の系譜に位置づけようとして使われることを述べた。さらに、宇治十帖では、八の宮が自分の死後のことを「亡からむ後」と、皇統の系譜を受け継ぐものとして遺言する意味を考察した。

3「「暇なき」薫」では、「暇なし」という表現をめぐって薫の物語のあり方を論じた。宇治往還をしていた薫であるが、大君の病状の急変によって、薫は「暇なし」ということを振り捨てて宇治に滞在する。その薫が大君の死後、ついには京で男女の間柄に「すこし暇なし」と、充足していることを分析し、薫物語の展開を「暇なし」という表現を視座として検証した。

4「補完し合う中の君物語の「今」」では、二つの異質の空間、たとえば、六の君の結婚の場である六条院と中の君のいる二条院、などの空間が、「今」という表現によって繋げられ、相互に補完し合いながら物語が展開する「今」のありようを考察した。

5「せめぎ合う浮舟の「今日」」では、浮舟の物語が最初の登場の時から同じ「今日」の出来事が重なって語られ、最後まで「今日」がすれ違って、「今日」という時間が関わっている重みの中に閉じられることを論じた。鈴木宏子が、「今日」が歌われるのは、「他日とは置き換えのきかない「特定のその日」をテーマとする場合(2)」と指摘するが、浮舟の物語の「今日」という表現は、「特定の日」というだけではなく、人々のぶつかり合う異質な時間の重なりを表している所に特徴がある。

違う人々の思いに引き裂かれる浮舟の「今日」が、ついには浮舟の意思によって収束されようとする出家の「今日」となる。その場面においても、京の女一の宮と小野の浮舟の「今日」とが重ね合わされて表現される。さらに、浮舟出家の後も断ち切れない浮舟の思いの「今日」が続いており、浮舟との「今日」を引きずる薫と二条院の物思いの生活の中にいる匂宮、中の君が重ねられていることを検証した。「今日」という言葉は日常的に使われる言葉でありながら、実は、物語の「今」を切り取る重要なキーワードとして機能していると考察した。

6「切迫する浮舟の「ただ今」」では、浮舟の物語に見られる「ただ今」について考えた。浮舟は、宿木巻から「ただ今」という時を表す言葉とともに登場し、匂宮の接近、逢瀬の「ただ今」に、浮舟は共鳴し埋没しようとする。その結果浮舟は、匂宮と生きることが即、死へと繋がることであると確認する。そして、自分の位置を、「ただ今」死ぬことの中に見つけていく。はからずも助かった浮舟は、出家するのであるが、その一瞬にも、「ただ今」という表現が使われる。

浮舟の物語の「ただ今」は、ほんの一瞬の浮舟の生の断念とその輝きを語っている。「ただ今」を用いたのは、浮舟の思いの揺らぎの瞬間を表すためである。「ただ今」という表現が、その一瞬にかけられた浮舟の思いの深さを語ろうとすることを考察した。

Ⅱ「衣食住から見た物語の身体」では、登場人物の最も身近にある衣食住の表現が語る身体性について考察した。衣食住は人々を取り囲み、そのすぐ傍で人々とともに息づいている。人間とは切っても切れない関係にある衣食住を、物語の身体の感覚から読み解いた。

既に、文学における衣については、歴史的民俗学的研究、(3)さらには、人間の関係性に視点を置いた研究がなされている。(4)食については、食器や食そのものの研究に力が注がれてきたが、(5)身体論的な視座(6)や食の思想の観点などから捉えられ、(7)さらに、『源氏物語』のさりげない食の表現を、人間関係において考察する研究もある。(8)住についても、住まいそのものの研究がなされてきたが、(9)それを作中人物との関連において捉えるという視点を持った研究がなされている。(10)

本書において具体的には、1「「単衣」を「ひきくくむ」落葉の宮」では、夕霧巻の落葉の宮について論じた。夕霧から強く恋情を訴えられた落葉の宮は塗籠に入り、「単衣」だけは手放すことなく、それを頭からかぶり「ひきくくむ」こととなる。「単衣」の調査によって、「単衣」が最も素肌に近くあるものであり、その人物そのものとも考えられることを明らかにし、それを守り、自身を手放すまいとしている落葉の宮のあり方を考えてみた。

2「「物聞こしめさぬ」落葉の宮」は、「食」に関して、「物聞こしめさぬ」落葉の宮に着目して考察した。落葉の宮が夕霧との婚礼の場において、「物聞こしめさぬ」様子であったのは、服喪中の婚礼という社会や家のルールを逸脱してまでも一人の女性をわが物にする夕霧を厳しく問い直すものであった。その対比のありようには、恋という次元で不器用な夕霧という人物と、婚礼にささやかな抵抗を示す宮が浮き彫りにされていることを考察した。

3「「物まゐる」浮舟」は、「物まゐる」という表現に着目し、食べることによって「面痩せ」続ける浮舟について考察した。浮舟にとって、死を決意したにもかかわらず食べてしまったという意識が、かえって重い負担となり、「面痩せ」続けるという結果になったとし、その「食」は、浮舟の新しい意味での再生を用意するものであったと考える。

4「板屋と夕顔」は、夕顔と密接な関わりを持つ板屋が、隙間の多い建物であることをふまえ、そのことが月の光をその場面に呼び込み、近隣の音や声を描く前提を形成していると指摘した。また、灯明が外に漏れるという場面形成も、「板屋」であることによってはじめて可能となることを示しながら、物語世界全体における「板屋」の様相を分析した。

5「「中の戸開けて」対面する紫の上」では、女三の宮降嫁に伴い、六条院の秩序が女三の宮を頂点として再編されつつある中で、女三の宮に、「中の戸」を開けて対面しようとした紫の上と物語世界の関係を論じた。まず、「中の戸」が、寝殿の母屋の東西を区切るものであり、その戸が通常は開けられないものであったことをふまえ、人々はその区画された空間で秩序を守って生活していたことを指摘した。その上で、「中の戸」が開けられるのは、六条院へ里下がりした明石の女御と女三の宮が対面するためであり、紫の上はその場を借りて女三の宮と対面することによって、六条院の秩序を守ろうとしたことを考察した。

宮の降嫁という異例の事態を招いた六条院を、力の限りを尽くして紫の上は治めようとした。その外面の取り繕いと内面の落差が生きる気力を奪い、病に寄りすがっていく以後の紫の上の原点を、この対面は示すことになる。「中の戸開けて」の対面によって、上下関係が取り外され、女君たちがきらめきを持ちつつ連帯する六条院の秩序が、維持されたかに見えたのであった。紫の上が内面の痛みを隠して六条院を平穏に治め、維持していくことに、「中の戸開けて」の対面が寄与したことを検証した。

以上のように、『源氏物語』における衣食住を物語のテクストから改めて見つめ直し、単なる衣食住の情景に留まらない意味合いを考え、登場人物の内部世界との関係において捉え返してみた。紫の上と女三の宮、夕霧と雲居雁・落葉の宮、中の君と薫・匂宮、浮舟と周囲の人々などといった関係性の中で、その表現がなされることが分かった。

本書は、Ⅰでは、物語における「今」や「今日」が重層、輻輳的に物語のありようを浮かび上がらせていることを時間論の切り口から明らかにした。Ⅱではさらに、空間的な細部、日常的な衣食の風景の細部から物語の広がりと厚みを考えようとした試みである。ⅠⅡ、その両方を合わせて、現在の微分化された研究に対して、新しい統合的な読みを提起しようとするものである。

註

（1）たとえば、木村正中は、これまでの年代記的な時間研究に対して、時間の二重性について指摘し（「女流文学の伝統と源氏物語――時間の内在化――」『日本文学』第一四巻第六号、一九六五年六月）、秋山虔は、外的時間と内的時間という物語の時間秩序として捉え（「外的時間と内的時間――「若菜上」巻における明石物語、その一――」『國文學』第一五巻六号、學燈社、一九七〇年五月）、三谷邦明は、物語の虚構の時間と叙述の時間の複層化を指摘した（「古代叙事文芸の時間と表現――物語的言説の展開あるいは源氏物語における時間意識の構造――」『物語文学の方法Ⅰ』有精堂出版、一九八九年）。さらに、松井健児は物語の時間を、「空間と一体化することによって、物語世界全体を算出する基底となる」と言及する（「源氏物語の時間」『國文學』第四〇巻第三号、學燈社、一九九五年二月）。また、葛綿正一や三田村雅子は、第二部の時間のありようを読み解いた（葛綿正一「停滞と時間――若菜論」『源氏物語のテマティスム――語りと主題』笠間書院、一九九八年、三田村雅子「若菜巻の時間と空間」「懐妊と算賀の時間」（『源氏物語――物語空間を読む』筑摩書房、一九九七年）。

（2）鈴木宏子「幻巻の時間と和歌――想起される過去・日々を刻む歌――」『王朝和歌の想像力――古今集と源氏物語――』笠間書院、二〇一二年、四四三頁。

（3）河添房江編『王朝文学と服飾・容飾』には、歴史学・有職学の視点、服飾美学の視点、美術史の視点から捉えられた論考が収録される（竹林舎、二〇一〇年）。

（4）　松井健児は、光源氏の衣装贈与の意味を政治学として捉え（「源氏物語の王朝――贈与と饗宴」『源氏物語の生活世界』翰林書房、二〇〇〇年）、三田村雅子は、衣を着る本人との対応・共鳴関係の中で描かれてきた第一部の衣が、女三宮降嫁によって「ずれ」「きしみ」を表す衣となり、「喩としての衣」を拒み、「他者」として対峙し、対話する宇治の姫君たちの衣となる変遷を解く（「浮舟物語の〈衣〉――贈与と放棄――」『源氏物語　感覚の論理』有精堂出版、一九九六年）。こうした衣への迫り方は、衣への視線をも問題視するようになり（佐伯雅子「末摘花と衣の贈与」叢書　想像する平安文学　第1巻『〈平安文学〉というイデオロギー』勉誠出版、一九九九年）、衣が人間の関係性により捉えられる流れを受けての研究が、さらになされることになる（註（3）参照）。

（5）　平安時代の食に関する参考文献については、小町谷照彦編『古典文学基礎知識必携』の「食物・飲食具」の項に詳しく（學燈社、一九九二年八月）、また、高山直子「古典文学に見る食文化4『源氏物語』に現われた粥」（『月刊国語教育』第一〇巻第一号、東京法令出版、一九九〇年三月）、室城秀之「『うつほ物語』飲食関係語彙総覧――飲食材編――」（『白百合女子大学研究紀要』第三五号、一九九九年一二月）、「『うつほ物語』飲食関係語彙総覧――飲食器・調理器編――」（『白百合女子大学研究紀要』第三六号、二〇〇〇年一二月）、國文學編集部『古典文学から現代文学まで「食」の文化誌』（學燈社、二〇〇四年三月）、白百合女子大学　言語・文学研究センター編『文学と食』（二〇〇四年）、河添房江『源氏物語と東アジア世界』（NHKブックス、二〇〇七年）など、その研究は枚挙に暇がない。

（6）　松井健児「源氏物語の生活内界――小児と筍」（註（4）書）、藤本宗利「源氏物語の「食ふ」――横笛巻を中心に」（『枕草子研究』風間書房、二〇〇二年）、石阪晶子「「起きる」女の物語――浮舟物語における「本復」の意味――」（『源氏物語における思惟と身体』翰林書房、二〇〇四年）。

（7）　室城秀之「共食の思想――うつほ物語の世界」（叢書　想像する平安文学　第4巻『交渉することば』勉誠出版、一九九九年）。

（8）　木谷眞理子「源氏物語と食」（『成蹊國文』第四〇号、二〇〇七年三月）、「夕霧巻と食」（『成蹊大学文学部紀要』第四三号、二〇〇八年三月）。

（9）池浩三『源氏物語――その住まいの世界――』（中央公論美術出版、一九八九年）、増田繁夫『源氏物語と貴族社会』（吉川弘文館、二〇〇二年）、倉田実編『王朝文学と建築・庭園』（竹林舎、二〇〇七年）など。

（10）三田村雅子「〈邸〉の変転――焼失・移築・再建の宇治十帖――」『源氏物語の思惟と表現』上坂信男編、新典社、一九九七年。

I

物語の過去・現在・未来

1「いにしへ」を思う夕霧——雲居雁、落葉の宮関係の収束に向けて——

はじめに

夕霧巻には、落葉の宮が塗籠に閉じこもって夕霧を避ける場面がある。その塗籠の中にやっとの思いで入ることができた夕霧は、そこで落葉の宮の拒絶にあう。

単衣の御衣を御髪籠めひきくくみて、たけきこととは音を泣きたまふさまの、心深くいとほしければ、いとうたて、いかなればいとかう思すらむ、いみじう思ふ人も、かばかりになりぬれば、おのずからゆるぶ気色もあるを、岩木よりけになびきがたきは、契り遠うて、憎しなど思ふやうあなるを、さや思すらむ、と思ひよるに、あまりなれば心憂く、a三条の君の思ひたまふらんこと、bいにしへも何心もなう、あひ思ひかはしたりし世のこと、c年ごろ、今はとうらなきさまにうち頼みとけたまへるさまを思ひ出づるも、わが心もて、いとあぢきなう思ひつづけらるれば、あながちにもこしらへきこえたまはず、嘆き明かしたまうつ。

（夕霧④四七九、四八〇頁）

声をあげて泣く落葉の宮の様子に、「心深くいとほし」という思いをいだく夕霧は、どうすることもできずに内省するしかなかった。しかし、それは必死な思いで泣き声を立てている女君の心を思いやり、自分の言動を反省するには至らない。夕霧は、「いかなればいとかう思すらむ」と、落葉の宮をもてあまし、「岩木よりけになびきがたき」ものと規定しながら、その理由を「契り遠うて」と前世からの因縁ゆえと自得していく。そうした思惟の果てに彼の脳裏に浮かんでくるのは、「三条の君」、すなわち結婚以来長年、夫婦として歩んできた雲居雁のことであった。

（a）「三条の君の思ひたまふらんこと」とは、雲居雁の今現在の思っていること、（b）「いにしへも何心もなう、あひ思ひかはしたりし世のこと」とは、「致仕の大臣によって二人の仲をさかれていたころ」[1]に互いに愛し合っていた、そのふたりの間柄のこと、（c）「年ごろ、今はとうらなきさまにうち頼みとけたまへるさま」とは、長年の間、何のわだかまりもなく夕霧を信頼してきた雲居雁の様子を、それぞれさす。現在の雲居雁の心への思慮から、決して平坦ではなかった結婚への過程とそれを乗り越えて結婚した二人の信頼関係を想起するにつけても、「いとあじきなう」と自然に思い続けてしまう。この「あじきなう」には、落葉の宮への恋のために犠牲にしたかけがえのないものを悔い、犠牲にしたにもかかわらず報われない状況に愕然とする夕霧の利己的な嘆きがある。夕霧はこのきわめて利己的な嘆きの中で、落葉の宮への言葉も見失われて夜を明かすのであった。

落葉の宮と同じ塗籠の空間にいて、雲居雁を想起する夕霧。夕霧巻は、落葉の宮と雲居雁の世界をそれぞれ描き出しつつ展開されるが、それぞれの世界は相互に連関し、響きあっている。

夕霧について、高木和子は、光源氏が「自らの過去現在を往還し内奥に沈潜してゆくのに対し、夕霧が内省的に意識を掘り下げない」、また「内省的な思念がほとんど許されない人物」と指摘する。[2]しかし、当該場面を捉えかえしてみると、夕霧が内省的に意識を掘り下げず、また内省的思念がほとんど許されない人物とも言い切れないのではなかろうか。さまざまな人間関係の中で夕霧は生きているが、その独自の内省の様子が、夕霧巻の表現にはなされてはいないか。夕霧は落葉の宮のことに行き詰まった時、雲居雁との過去を想起して自己救済していく。その想起する「いにしへ」「昔」「思ふ（関係語を含む）」の表現から、夕霧、雲居雁の心内に着目して、夕霧の内省を考察したい。

なお、本章では「昔」と「いにしへ」の思考を問題とするが、「「昔」と「いにしへ」の諸説」を森野正弘が整理紹介し、その結果として二つの過去の捉え方の違いを、「「今」と連続する過去が「古」であり、「「今」と切断された過去が「昔」となる」[3]とする意を、本章においても基盤として考察した。

一　「いにしへ」を思う人々

頑なに夕霧を拒絶する落葉の宮を前にして、雲居雁との「いにしへ」を思う夕霧。そもそも「いにしへ」を思うことは、どのようなものであったのだろうか。

『源氏物語』において、「いにしへ」の用例は一〇五例[4]、その内「いにしへ」を思う（「思ふ」「思ひ出づ」「思し出づ」など）の例は、二八例を数えることができる。そして、「いにしへ」を思う例を、その主体別に見た場合、男性では、源氏九例、薫三例、夕霧二例、頭中将、源氏と頭中将、蔵人少将、朱雀院、匂宮、鬚黒、人々にそれぞれ一例ずつ見られ、女性では、中の君、朧月夜、斎宮女御、玉鬘、弘徽殿大后、弁の尼、老女にそれぞれ一例ずつ認められる。

これらの例を見ると、「いにしへ」を思うことには、共通して、過ぎ去ったことを回顧する意義が確認できるように思われるが、その中で注目されるのは、次の例であろう。

「いとあるまじき御事なり。しるしばかり聞こえさせたまへ」と聞こえたまふも、いと恥かしけれど、いにしへ思し出づるに、いとなまめききよらにて、いみじう泣きたまひし御さまを、そこはかとなくあはれと見たてまつりたまひし御幼心もただ今のこととおぼゆるに、故御息所の御事など、かきつらねあはれに思されて、ただかく、

別るとてはるかに言ひしひとこともかへりてものは今ぞかなしき

とばかりやありけむ。（絵合②三七一、三七二頁）

冷泉帝に入内するに際して、朱雀院への返事を源氏から書くように促された前斎宮は、「いにしへ」を思い出す。伊勢下向の折に朱雀院が「いみじう泣きたまひし御さま」や、その様子を「そこはかとなくあはれと見たてまつりたまひし」自身のことを「ただ今のこと」として思いつつ、歌を贈る。前斎宮に想起される内容が助動詞「き」によって示されるように、ここで思い出される「いにしへ」は前斎宮自身が実際に経験した過去である。それが「ただ今のこと」と思われ、それに誘発されるかのように六条御息所の「御事など」が「かきつらねあはれに」想起され、そして、それらのことが収斂されつつ、「かへりてものは今ぞかなしき」と歌われていく。

ここでの「いにしへ」も、「昔」と「いにしへ」を整理し紹介した森野正弘の「「今」と連続する過去が「古」であり、「今」と切断された過去が「昔」となる」との指摘が認められようが(5)、注目されるのは、その「いにしへ」の増幅力とでもいうべきものである。前斎宮は、「いにしへ」を思い出し、「ただ今のこと」と思う。しかし、思い出された「いにしへ」は、「故御息所の御事など」をも記憶のかなたから呼び起こし、増幅しながら前斎宮を覆っていく。したがって、「ものは今ぞかなしき」と歌われる伊勢下向の折の朱雀院が「はるかに言ひしひとこと」と

は、「御幼心」に経験した過去のその時点のままのそれではなく、それから現在までのさまざまな経験をふまえたうえで捉え直され、意味づけられた「いにしへ」といえよう。「いにしへ」は、必ずしも「今」にずっと続いてきている過去」というように、単線的に回想されるものではなく、他の過去の事象をも呼び起こし、増幅しながら回想されるとともに、「今」を照射しつつも同時にその「いにしへ」自身をもあらたに据え直していく力を内包している。

そう考えると、匂宮が浮舟に逢いに行く場面「いにしへを思し出づ」（浮舟⑥一一八頁）や薫が中の君との過去を思い出す場面「いにしへにはいと多くまさりて思ひ出でらる」（宿木⑤四三二頁）など[6]でも、「いにしへ」を自分の中にひき据え直しているであろうし、薫が中の君に「いにしへをも思し出でよかし」（宿木⑤四二八頁）と言っている場面では、「いにしへ」の増幅力を用いながら、現状を変化させようとしたものといえよう。蔵人少将が柏木と落葉の宮を思い出す場面の「いにしへを思ひ出でたる気色なり」（夕霧④四八六、四八七頁）も、落葉の宮に命令はしないものの、柏木のことを思い出してほしいというサインがこの気色にはある。

「いにしへ」は、現在に繋がる過去の一地点を指示するだけではなく、さまざまな過去の事象を呼び起こし、増幅させながら、現在を照らし出すとともに、「いにしへ」そのものを据え直していく。では、そうした「いにしへ」が思い出されるのはどのような情況においてのことなのだろうか。

それは、過去への回顧から現在の行動を促したり、現実を自覚させたり、決断させたりする情況であろう。具体的には、作中人物の結婚や賀宴の場面があげられる。源氏が女三の宮と結婚した朝や四十の賀の場面、朱雀院の女三の宮降嫁を決断する場面が、それであろう。女三の宮と新婚三日を終えた朝、源氏が紫の上のもとへ帰ってきた場面には、「よろづいにしへのことを思し出でつつ、とけがたき御気色を恨みきこえたまひて、その日は暮らしたまひつれ」（若菜上④七〇頁）と、紫の上と女三の宮を比べ、紫の上の比類ない心配りに、紫の上との「いにしへ」、言い換えれば、過去から現在に続いている思いを源氏は想起する。朱雀院の懇請を受け入れて、紫のゆかりを思い女三の宮と結婚してしまった源氏にとって、紫の上との「いにしへ」は現在の女三の宮との結婚を照射していく。紫の上の「いにしへのこと」を思い出させた「とけがたき御気色」こそ、新婚を迎えた女三の宮には欠けるものであり、その思い出された「御気色」が、「その日」を紫の上のもとで暮させることとなる。源氏にとっての紫の上との「いにしへ」は、現在の行動をおこさせるものとなっていよう。

また、「いにしへ」が過去から現在に続いているものとして、源氏四十の賀の場面では、「御心の中には、いにしへ思し出づることども、さまざまなりけむかし」（若菜上④五六頁）と、源氏と玉鬘は対座して、過ぎ去っていてもなお美しい記憶を思い出している。新編全集の頭注（六）には、「源氏と玉鬘とは、今もひそかに相思の関係」（若菜上④五五頁）とある。この指摘のように、源氏の情熱の最後を彩る玉鬘への思いは現在も続いているのであるが、哀惜しつつ別れてしまった玉鬘との空間が、「いにしへ」としてたち現れるのである。老いをまだ自覚しきれないでいる源氏が、「ただ昔ながらの若々しきありさまにて、改まることもなきを、かかる末々のもよほしになむ、なまはしたなきまで思ひ知らるるをりもはべりける」（若菜上④五七頁）と、二人の孫によって残酷にも老いを自覚する時、玉鬘に対しての言葉では、「昔」を使っている。六条院の華やぐ女君であった玉鬘との「いにしへ」が、四十の賀を迎えて、老いへと進んでいかなければならない人生の転換点で、現在の老いを照らし返している。そして、この例からも「いにしへ」が、現在の心に繋がるもの、「昔」が現在と断絶したものということがいえよう。

「いにしへ」への想起は、人を物事への決断へとも導く。「いにしへの朱雀院の行幸に、青海波のいみじかりし夕、思ひ出でたまふ人々」（若菜上④九五頁）と人々はかつての「青海波」を現在に続いている感動として思い出している。源氏が舞った「青海波」は繰り返し思い出され、それを思い出す一人に朱雀院は加えられるが、その朱雀院が女三の宮の降嫁を決断する。その決断の一因に、「青海波」を舞った源氏を思い出したこともあるのではなかったか。源氏への伝言を、「この秋の行幸の後、いにしへのこととり添へて、ゆかしくおぼつかなくなむおぼえたまふ。対面に聞こゆべきことどももはべり。かならずみづからとぶらひものしたまふべきよし、もよほし申したまへ」（若菜上④二三頁）と、夕霧に頼む。「いにしへのこととり添えて」には、源氏との過去の事象への想起とともに、源氏に直接会って女三の宮を頼みたいという朱雀院の決断の切実さがある。「いにしへ」を思うことが、人々を次の情動へと突き動かすこともあるのだ。

同じようなことは、斎宮女御への恋情に源氏の心が進んでいく場面にも窺われよう。二条院の秋雨が降る庭前の風情に、「いにしへのことどもかきつづけ思し出でられて」（薄雲②四五八頁）と、次から次へと故人のこと、すなわち、藤壺や六条御息所との過去が、思い出されてくる。こうした懐旧の情が斎宮女御に焦点化され、その人に六条御息所の「いにしへ」を重ねて見ていく源氏を点描していく。六条御息所の遺言の「かけてさやうの世づいたる筋に思しよるな」（澪標②三一一頁）という禁じられた恋であるが故に、よりいっそう源氏の心は乱されていく。斎宮女御に六条御息所と相通ずるものを見い出していったのか、六条御息所との「いにしへ」へ遡及し、しかも、その相似形をなす息女へと恋情が極まっていく。

「いにしへ」を思う人々は、過去を回顧し、回顧するだけではなくそれを増幅させて現在を照射し、さらにそこから決断したり、次の情動へと突き動かされることもある。その結果、その情動が未来を切り開く要素ともなりえていく。ここにあげた「いにしへ」を思い出す人々は、その「いにしへ」に強烈な記憶を持ち、その記憶が物語の現在にまで増幅されながら続き、生き続け、それに生かされ続けている人々である。

二 「昔」を思う人々

「いにしへ」を思う人々に対して、「昔」を思う人々はどうであろうか。『源氏物語』において、「昔」の用例数は、四二四例であり、その内「昔」を思う（「思ふ」「思ひ出づ」「思し出づ」など）の例は、一〇三例を数えることができる。そして、「昔」を思う例を、その主体別に見た場合、男性では、源氏三七例、薫一二例、夕霧三例、頭中将、朱雀院、冷泉帝、中将、横川僧都二例ずつ、桐壺帝、匂宮、左大臣、故院の皇子たち、柏木、紅梅大納言、良清、八の宮、みな（源氏を含む）、皆人に一例ずつ見られ、女性では、浮舟六例、玉鬘三例、藤壺、明石の尼君、朧月夜、中の君、妹尼に二例ずつ、王命婦、弘徽殿大后、紫の上、式部卿の母北の方、右近、明石の君、明石の女御、一条御息所、落葉の宮、雲居雁、弁の尼、思ひきこえざらん人に一例ずつ認められる。

これらの例を見ると、「昔」を思うことには、共通して、過去を思う意義が確認できよう。そこで、「いにしへ」と「昔」の使われ方の違いを、朧月夜の場合を例に見てみよう。

朧月夜が過去を思う場合は、「昔」から「いにしへ」へと言葉の転換が行われている。女三宮と紫の上とのことで息苦しくなった源氏が、朧月夜に逢いに行く、二十年前の過去の回想の中に脱出していく場面に「いにしへ」は使われている。(7)「いにしへ、わりなかりし世にだに、心かはしたまはぬことにもあらざりしを、（略）と思し起こして、（略）参でたまふ」（若菜上④七九頁）と、逢瀬が困難だった時でさえ逢ったのだから、朱雀院には気がとがめるけれども、評判が立ってもよいと、決心して逢いにいく。源氏にとって朧月夜との過去が、この場面では「いにしへ」と表現される。

源氏の回想への脱出を受けて、朧月夜は源氏との過去を、「昔」から「いにしへ」へと変化させて思い出していく。朧月夜は、「尚侍の君、なほえ思ひ放ちきこえたまはず。こりずまにたち返り御心ばへもあれど、女はうきに懲りたまひて、昔のやうにもあひしらへきこえたまはず」（澪標②二九九頁）と、源氏との過去を「昔」と捉え、源氏の執着を「昔」のようには相手にせず、逢うまいと誓っていた。それが逢う直前に、「いにしへ」表現へと変わる。「いにしへを思し出づるも、誰により多うはさるいみじきこともありし世の騒ぎぞはと思ひ出でたまふに、げにいま一たびの対面はありもすべかりけりと思し弱る」（若菜上④八一、八二頁）と、朧月夜にとって「昔」と認識していた過去が、源氏から歌を詠みかけられることによって、次第に「いにしへ」、つまり、思いが断ち切れていない過去へと変わり、自分のせいで源氏は流謫されたのだからもう一度くらいの対面はあってもよいと逢瀬を重ねてしまう。生身の人間になって過去を切実に思い出すことによって、心が突き動かされていく女君の様子が、「いにしへ」という言葉には浮き彫りにされている。朧月夜の心から滑り落ちてくれない過去を思う心の情景として、この「いにしへ」表現は機能している。このように、「昔」と「いにしへ」の使われ方の違いは、その過去への思い出し方の質の違いによる。「昔」は現在へ繋がっていかない過去なのである。

源氏がその人を「昔」としてしか思い出せない女君は、夕顔、末摘花、源典侍、空蟬である。夕顔の場合は、夏の雨の名残の夕方、「まづこの姫君の御さまのにほひやかげさを思し出でられて」（胡蝶③一八五頁）と玉鬘を想起する。庭前の新緑の楓や柏木などがみずみずしい玉鬘の魅力へと源氏の心をかきたて、六条院の夏の町の西の対へ源氏は渡っていく。そこで玉鬘を見て、「なごやかなるけはひの、ふと昔思し出でらるるにも、忍びがたくて」（胡蝶③一八五頁）と、夕顔を思い出している。この場合は「ふと昔」を思し出したのであって、玉鬘に焦点が合わされており、玉鬘の気配から夕顔を思い出すという方向性が見受けられる。「いにしへ」の時のように、その過去に情動的に遡及してはいかない。末摘花の場合は、「袖の香も、昔よりはねびまさりたまへるにやと思さる」（蓬生②三五一頁）、「昔に変らぬ御しつらひのさまなど、（略）思しあはするに」（蓬生②三五二頁）と、「昔」よりは人間的に成長したことや昔のままの室内設備に親近感を覚えたと表現されてはいるが過ぎ去ったものとして捉えており、源典侍の場合は、「源典侍といひし人は、尼になりて（略）その世のことは、みな昔語になりゆくを、はるかに思ひ出づるも心細きに、うれしき御声かな」（朝顔②四八三頁）と、喪失感をかみしめて源氏は、思い出している。空蟬の場合は、「かの昔の小君、今は衛門佐なるを召し寄せて、（略）御心の中いとあはれに思し出づること多かれど」（関屋②三六〇、三六一頁）と思い出しているが、しかし、その時、空蟬は自分の過去の心に封印を押している。

源氏はこれらの女君たちを、それぞれの女君の「「昔」を思う」という形で、思い出している。しかも、その思い出し方には、「ふと」や「はるかに」が使われている場合もあり、これらの女君との過去は今、現在とは隔絶している。

「昔」の思い出し方を、源氏が六条御息所の「昔」を思い出す場合を例に、考えていこう。生霊騒ぎで愛情も冷めていった源氏が、伊勢下向を前に野宮で目の前にいる六条御息所の「昔」を思い出す場面は、「また心の中に、いかにぞや、瑕ありて思ひきこえたまひにし後、はたあはれもさめつつ、かく御仲も隔たりぬるを、めづらしき御対面の昔おぼえたるに、あはれと思し乱るること限りなし」（賢木②八八頁）と語られる。しかし、ここには、「昔」にはかえれない深い瑕を抱えた源氏がいる。別の場面では、「あはれ、おはせましかば、いかにかひありて思しいたづかまし、と昔の御心ざま思し出づるに」（絵合②三七三頁）と、その息女斎宮女御入内に際して、六条御息所の「昔の御心ざま」を、源氏は思い出している。この時、六条御息所は亡くなっており、遠い過去へいってしまっている。思い出される人々は、目の前の人であったり、遠い死の世界にいる人であったり、さまざまである。過去を回顧する「いにしへ」と「昔」の表現の区別は、線状的時間の遠近ではなく、人の心の内面のありようによって、言葉の使い分けがなされている。[8] つまり、「昔」を思う人々がどんな人であるかは、思い出される人との関係において区別されて使われる。

三　「いにしへ」を思う夕霧、「昔」を思う雲居雁

「いにしへ」や「昔」を思い出すことは、思う人と思われる人の心の関係性によりその使い分けがなされることが分かった。夕霧と雲居雁の関係はどうであったのか。二人の関係として浮き上がってくるのは、「いにしへ」を思う夕霧が雲居雁を説得する場面である。

昨日今日つゆもまゐらざりけるもの、いささかまゐりなどしておはす。「昔より、御ために心ざしのおろかならざりしさま、大臣のつらくもてなしたまうしに、世の中の痴れがましき名をとりしかど、たへがたきを念じて、ここかしこすすみ気色ばみしあたりをあまた聞き過ぐししありさまは、女だにさしもあらじとなむ人ももどきし。今思ふにも、いかでかはさありけむと、わが心ながら、いにしへだに重かりけりと思ひ知らるるを、今は、かく憎みたまふとも、思し棄つまじき人々いとところせきまで数添ふめれば、御心ひとつにもて離れたまふべくもあらず。また、よし見たまへや、命こそ定めなき世なれ」とて、うち泣きたまふこともあり。女も、昔のことを思ひ出でたまふに、あはれにもありがたかりし御仲のさすがに契り深かりけるかなと思ひ出で

たまふ。（夕霧④四七四、四七五頁）

「いささかまゐりなどしておはす」と「昨日今日」と何も食べていなかった食事を少し食べるようになった雲居雁が、自分の言葉に耳を傾けると夕霧は思ったのであろうか。夕霧は共有してきた過去を語り、説得しようとする。「今思ふにも」には、二人にとって遠い「昔より」[9]続いてきた過去を、「今」、現在思い返してみると、それは現在に続いている「いにしへ」であったとの、夕霧の納得がある。雲居雁のとげとげしい現状に対して、自分の心を訴えていく夕霧は、「いにしへ」という言葉を使い、雲居雁への恋の持続を説得する。「いにしへ」でさえ、あなたのことを思い、慎重に行動してきた。まして、今はもっと大事にしていると告げる。この「いにしへ」とは、長い苦労の末の結婚であったことや致仕の大臣のひどい仕打ちを我慢し、その間、結婚話はたくさんあったのに耳をかさなかったことを「人ももどきし」という世間の評判の悪さなど、「昔より」「今」まで順次思い出していった過去のことである。

「いにしへ」を思い出させることによって、夕霧は雲居雁との仲を結び直そうとする。そこには、「いにしへ」の増幅力を用いながら現状を変化させようとする夕霧の心奥を読み取ることができる。注目されるのは、夕霧には「いにしへ」の語、「女」すなわち雲居雁には、「昔のことを思ひ出でたまふ」とあるように、状況が変わってしまった過去としての「昔」の語が使われていることである。「いにしへ」の喚起力によって夕霧の説得は素直な雲居雁に一応は届き、「ありがたかりし御仲」と過去の助動詞「き」によって示されるように直接経験した夫婦仲を「契り深かりけるかな」と雲居雁は捉えるものの、女の心は現在が余りにも過酷だから、夕霧との過去は、「昔」と表現される。夕霧と雲居雁との過去は、それぞれ「いにしへ」「昔」と使い分けられ、二人の心の齟齬を際だたせている。雲居雁の場合は、朧月夜のように「いにしへ」へとは変わっていかない。

夕霧は「いにしへだに重かりけりと思ひ知らるる」、雲居雁は「昔のことを思ひ出でたまふ」と、思い出すことによって、その場は一応収まるのであるが、この夕霧の「いにしへ」への思考は、落葉の宮に拒否された塗籠の中で夕霧を救っていく。先に「はじめに」で掲げた当該場面では、雲居雁とのことは、夕霧にとって現在に続いている「いにしへ」と表現される。増幅されながら回想された雲居雁との「いにしへ」の回想空間に身を置いて、夕霧は現在の塗籠の窮地の中で、内省している。その内省こそ、雲居雁との関係の修復へと繋がっていくものになるのであろう。

四　夕霧の内省

「いにしへ」を思う夕霧、「昔」を思う雲居雁について考察してきたが、改めて夕霧の内省について考えてみよう。

まず、「内省」とは、『日本国語大辞典』（小学館）によれば「自分の思想、言動などを深くかえりみること。反省。哲学では、自己意識についての反省的思考を意味し、心理学では内観と同じに用いられる」とある。夕霧の内省も、「自分の思想、言動などを深くかえりみること。反省」であることに変わりはない。

ここでその内省の特徴を、自照文学として知られる『蜻蛉日記』中巻の天禄元年十二月十七八日の件と、比較してみよう。


今日の昼つかたより、雨いといたうはらめきて、あはれにつれづれと降る。まして、もしやと思ふべきことも絶えにたり。いにしへを思へば、わがためにしもあらじ、心の本性にやありけむ、雨風にも障らぬものとならはしたりしものを、今日思ひ出づれば、昔も心のゆるふやうにもなかりしかば、わが心のおほけなきにこそありけれ、あはれ、障らぬものと見しものを、それまして思ひかけられぬと、ながめ暮らさる。

（『蜻蛉日記』中巻、二一四、二一五頁）

雨が降ることによって夫兼家の訪れが途絶えていることを、内省する場面である。「今日思ひ出づれば」と今日の時点における回想を、「いにしへを思へば」と現在に続いている過去から照射し、内省する。兼家とのことは「昔も」と表現され、現在に続いていかない過去となっていることが分かる。兼家と自分はそれぞれ異なる位相にいたことを確認し、「わが心のおほけなきにこそありけれ」と、それに自分が気付かなかったと自己の心の内奥に向かっての内省がなされていくのである。

それに比べて、夕霧の内省は、雲居雁をなだめるために、夕霧の言葉として発せられた、いわば他者との交渉において使われたのである。しかし、この他者との交渉の言葉として使われた夕霧の内省は、塗籠の中で落葉の宮から隔てられた時、自己に向かうことになる。「三条の君の思ひたまふらんこと、いにしへも何心もなう、あひ思ひかはしたりし世のこと、年ごろ、今はとうらなきさまにうち頼みとけたまへるさまを思ひ出づるも、わが心もて、いとあぢきなう思ひつづけらるれ」と内省する。この時の内省は、他者との関係を断たれた時なされたのであるが、その結果「あぢきなう」という自己評価となっていくのである。

夕霧の言葉として発せられた他者へ向かう「いにしへ」を思う内省が、落葉の宮から拒絶された時は、自己に向かうことになる。それは道綱母のように自己沈潜するという方向はとらず、「わが心もて、あぢきなう」という自己評価となり、利己的な嘆きとなっていく。つまり、雲居雁の自分を振り向かせる行動を呼び起こすための交渉に使われた「いにしへ」を思うことが、落葉の宮に拒絶された塗籠の中で、雲居雁との過去を思うことになったのである。

そういう内省のあり方は、夕霧の特徴といえようが、雲居雁が実家に帰ってしまった時は、次のような述懐の形となる。

その夜は独り臥したまへり。あやしう中空なるころかなと思ひつつ、君たちを前に臥せたまひて、かしこに、また、いかに思し乱るらんさま思ひやりきこえ、やすからぬ心づくしなれば、いかなる人、かうやうなることをかしうおぼゆらんなど、もの懲りしぬべうおぼえたまふ。（夕霧④四八四、四八五頁）

落葉宮のことで実家に帰ってしまった雲居雁を迎えに行くが仲直りもできず、夕霧はそこに泊まり独り臥す。（a）「あやしう中空なるころかな」とは、落葉の宮にも雲居雁にも中途半端でしかない夕霧の自覚である。（b）「思ひやりきこえ」と、夕霧は雲居雁との子供たちの傍で、新婚早々の落葉の宮のことを思いやっている。二人の女君の間で揺れ動く夕霧は「やすからぬ心づくしなれ」と気苦労に心も安まらないので、（c）「もの懲りしぬべうおぼえたまふ」と、色恋沙汰はこりごりと思ってしまう。これが夕霧の内省のありようである。恋がいいなんてどういう人が思ったのであろうと、自分の恋を悔んでいる。夕霧は、恋によって人間として深まらない。その夕霧のたどり着いたゆくえが、ここには示されている。「思ひ」「思ひやりきこえ」「おぼえたまふ」と、夕霧の内省はたたみかけるように表現され、もう恋はしないという恋を排除する結論へたどり着く(10)。夕霧の内省は、彼の恋の収束を促すものであったと考えられる。

恋することを止めた夕霧に残った仕事は、家族をまとめていくことではなかったか。雲居雁との現在に繋がる「いにしへ」という過去への想起や、落葉の宮と夫婦関係になった後の「かしこに、また、いかに思し乱るらん」との思いやりには、夕霧が二人の女君を大切にしていることが窺えよう。夕霧は落葉の宮と恋をしても、雲居雁とのことは「いにしへ」として現在に続いており、落葉の宮へのいたわりの思いもある。この「いにしへ」への思考が、雲居雁を呼び戻し、落葉の宮との結婚を両立させることになったのではなかろうか。夕霧の内省は、彼に行動を呼び起こす原動力となっている。

和歌的世界[11]へのあこがれであった落葉の宮の世界と倦怠期を迎えて他愛のない夫婦げんかを繰り返しつつも離れることのない雲居雁との世界は、夕霧が宮を強引に我が物としたことで事態が収拾され、一つの世界となって夕霧巻は閉じられていった。夕霧巻の巻末の子孫繁栄は、夕霧家の家庭の収まりを意味していよう。「いにしへ」を思う夕霧の思考、言い換えれば、他者との交渉における挫折が呼び起こした「「いにしへ」を思う」夕霧の内省は、過去を大切に思い、現在の問題を合理的に処理していく自己に向かう思考となり、それが夕霧に恋の収束という行動を起こさせたといえよう。つまり、夕霧の内省における「「いにしへ」を思う」意識が、現実を変えていく原動力となったのである。

結びに

「「いにしへ」を思う」と「「昔」を思う」の表現内容の違いから、夕霧巻を捉えてみた。塗籠の中で落葉の宮に拒絶された夕霧は、雲居雁との「いにしへ」を思い出すことによって自己救済していく。雲居雁との過去を「いにしへ」と捉えていることから、夕霧の心の中で雲居雁は、現在にまで続いているかけがえのない妻であることが分かる。それに対して、夕霧が「いにしへ」と言った過去を、雲居雁は、夕霧との過酷な現状では、「昔」としてしか捉えようがなかった。この過去の捉え方の表現には、二人の心の齟齬が浮き彫りにされている。

その確執は、色恋沙汰はこりごりという述懐を夕霧に抱かせる。それが、一連の落葉の宮と雲居雁との関係収束に繋がるのであるが、「いにしへ」を思う過去から現在に続く合理的な夕霧の思考が、恋という問題を本質からはずし、風化させ、現実的な解決だけをもたらしたこととなる。

註

（1）新編日本古典文学全集『源氏物語』夕霧④四七九頁の頭注（二六）。

（2）高木和子「夕霧物語から光源氏物語へ」『源氏物語の思考』風間書房、二〇〇二年、三〇〇頁。

（3）森野正弘「昔という時間、古という時間　『伊勢物語』における虚構の方法」『時間学概論』辻正二監修、山口大学時間学研究所編、二〇〇八年、一六四頁。

（4）『源氏物語大成（索引編）』（中央公論社）をもとに本文にあたり、定めた。以下に出てくる用例数も、この方法によった。

（5）西郷信綱「神話と昔話」『神話と国家――古代論集――』にも、「イニシへの方には、「今」にずっと続いて来ている過去という性格が強いように思う」とある。平凡社、一九七七年、一七八頁

（6）他に、三位中将（かつての頭中将）が源氏との競争を思い出す場面「いにしへももの狂ほしきまで、いどみきこえたまひしを思し出でて」（賢木②一三九頁）、弘徽殿大后が過去を思い悔いる場面「世をたもちたまふべき御宿世

は消たれぬものにこそ、といにしへを悔い思す」（少女③七五頁）、源氏と頭中将が雨夜の品定めを思い出す場面「かのいにしへの雨夜の物語（略）を思し出で」（行幸③三〇八頁）、源氏が身近な人の死の経験を思い出す場面「いにしへも、悲しと思すこと」（御法④五一〇頁）、源氏が自分の人生を追懐する場面「いにしへより御身のありさま思しつづくる」（御法④五一三頁）、源氏が過去の女を回顧する場面（「いにしへより思ひえて（略）思ひめぐらしし」（幻④五三三頁）、源氏が五節の舞姫を思い出す場面「いにしへあやしかりし日蔭のをり、さすがに思し出でらるべし」（幻④五四五、五四六頁）、玉鬘が冷泉帝を思い出す場面「いにしへを思ひ出でし」（竹河⑤一〇三頁）、薫が実父柏木の死を思い出す場面（「いにしへざまの思ひやらるる」（椎本⑤一七八頁）、薫が大君を思い出す場面「なほ忘れがたきいにしへざまのみおぼえて」（宿木⑤四七六頁）、弁の尼が亡き八の宮、大君、自分の過去を回顧する場面「いにしへよりの古事ども思ひ出でられて」（東屋⑥八九頁）などが指摘できる。

（7）　三田村雅子は、『源氏物語を読み解く』（小学館、二〇〇三年、一六三頁）で、「あらゆることにいつもふさわしい振る舞いをしなければならないという空間の中に生き続けることに光源氏が重荷を感じて過去の回想の世界に逃避し、引きこもろうとしてしまう」と指摘する。

（8）　「昔」の用例は、枚挙に暇がないので紙幅の都合で、ここでは割愛した。

（9）　この「昔より」の昔は二人が夫婦関係になる前のことであろう。男女関係になる前のことは、『源氏物語』では、「昔」と物語の現在から捉えられている。蛍巻に絵を見て紫の上が自分が引き取られてきた折を思い出す場面では、「小さき女君の、何心もなくて昼寝したまへる所を、昔のありさま思し出でて、女君は見たまふ」（蛍③二一四頁）のように、「昔」表現になっている。

（10）　このことは、夕霧のまめ人ぶりに帰着したといえようか。そのまめ人ぶりは、匂兵部卿巻の「丑寅の町に、かの一条宮を渡したてまつりたまひてなむ、三条殿と、夜ごとに十五日づつ、うるはしう通ひ住みたまひける」（匂兵部卿⑤二〇頁）との解決に繋っていく。

（11）　小町谷照彦は叙述の方法に着目し、「「夕霧」を中心とする落葉の宮物語は和歌がかなり際立っている」と和歌的世界が焦点化されて描かれるとする。小町谷照彦「夕霧の造型と和歌――落葉の宮物語をめぐって」『源氏物語の歌ことば表現』東京大学出版会、一九八四年、一七五頁。

2　八の宮の「亡からむ後」――源氏物語の「～後」という表現――

はじめに

薫が宇治を訪問した折、八の宮は、自分の死後のことを口にしながら薫と対話をする。

「亡からむ後、この君たちをさるべきもののたよりにもとぶらひ、思ひ棄てぬものに数まへたまへ」などおもむけつつ聞こえたまへば、「一言にてもうけたまはりおきてしかば、さらに思ひたまへ怠るまじくなん。世の中に心をとどめじとはぶきはべる身にて、何ごとも頼もしげなき生ひ先の少なさになむはべれど、さる方にてもめぐらひはべらむ限りは、変らぬ心ざしを御覧じ知らせんとなむ思ひたまふる」など聞こえたまへば、うれしと思いたり。（椎本⑤一七九頁）

右の対話の中で、「亡からむ後」と、八の宮は自分の死後のことを遺言する。宮は、現在の情況ではない未だ起こっていないことを前提として、その先の世界を規定していこうとしている。その世界には、自身が存在していないのである。しかも、特にそれを命令形で表現している。「思ひ棄てぬものに数まへたまへ」と言われた薫は、それを引き受ける。自分が出家しても姫君たちのことは、「変らぬ心ざし」として面倒を見ると約束する。

ここで八の宮は、自分の死後のことを「～後」という表現によって枠どり、語っている。後に触れるように、八の宮の死後について述べる「〜後」という表現は、宇治十帖に八例見え、その内、四例が八の宮の生前、宮の会話や心内語に使われている。

「時間的に、ある時点のあと。後刻」という意味を持つ「〜後」[1]。国語学的な研究によれば、望月満子は、「アトは、古代前期（上代）から、「足」或いは「足跡」にはじまる「痕跡」の意があり、これは現在に至るまで続いている。また、時間的意味を古代後期（中古）に獲得し、中世、近代前期（近世）を通じて、時間的意味の頻度が増加し、それが近代後期（狭義の近代）に安定し、現在に至っている。一方、ノチは、古代前期から「時間的にあることが行われた後」を表し、古代後期に語義を拡張する」[2]と述べ、橋本修は、「ノチ節」の接続についての規則性を明らかにし、望月満子の論旨に加えて、「「のち」は、現代語で言えば、「あと」に当たるのではなく、「将来」「後のこと」のような語に当たる意味を持っている」[3]と、その意味の拡張を具体的に指摘する。

八の宮の「亡からむ後」もこの指摘に当てはまるのであるが、この「〜後」という表現には、どのような特性があり、八の宮がそれを用いて死後を語ることには、どのような意義があるのか、考えてみたい。本章では、「時間的に、ある時点のあと。後刻」という意味を持つ「〜後」を対象とした。

一　物語の表現方法としての「〜後」表現

『源氏物語』では「〜後」という表現が一七三例見られるが、その中でも目を引くのが、巻頭に用いられる「〜後」という表現である。それは、葵巻、澪標巻、若菜上巻、匂兵部卿巻、竹河巻の五巻の巻頭において用いられるものである。八の宮の「亡からむ後」を考えるにあたって、この「〜後」という表現で始まる物語のあり方を考えてみることにしたい。

葵巻巻頭は、すでにその巻の前年桐壺帝は譲位しており、朱雀帝が即位、藤壺中宮腹の若宮が春宮となっているところから始まる。以前の巻で、それらが語られていないことについて、玉上琢彌が、「「花宴」と「葵」との間には、約二年の空白があることになる。この二年の空白の中で、受禅のことがあったのだということになろう(4)」とするように、物語としては語られなかった御代がわりの後を引き受けて、葵巻巻頭は語り始められる。

世の中変りて後、よろづものうく思され、御身のやむごとなさも添ふにや、軽々しき御忍び歩きもつつましうて、ここもかしこもおぼつかなさの嘆きを重ねたまふ報いにや、なほ我につれなき人の御心を尽きせずのみ思し嘆く。今は、まして隙なう、ただ人のやうにて添ひおはしますを、今后は心やましう思すにや、内裏にのみさぶらひたまへば、立ち並ぶ人なう心やすげなり。（葵②一七頁）

二年の空白の後の新たな物語の冒頭として、「世の中変りて後」が葵巻巻頭に置かれる。物語は世の中が変わったということ自体は語らず、それ以後の世界を語ろうとする。このことについては、従来、「『源氏物語』では、政治に関することは「女」の立ち入ることではないという紫式部の思考があった(5)」と指摘されているが、『源氏物語』では全く譲位を語らないわけではない。

・同じ月の二十余日、御国譲りのことにはかなれば、大后思しあわてたり。「かひなきさまながらも、心のどかに御覧ぜらるべきことを思ふなり」とぞ、聞こえ慰めたまひける。坊には承香殿の皇子ゐたまひぬ。世の中改

まりて、ひきかへいまめかしきことども多かり。源氏の大納言、内大臣になりたまひぬ。（澪標②二八二頁）

・はかなくて、年月も重なりて、内裏の帝御位に即かせたまひて十八年にならせたまひぬ。（略）年ごろ思しのたまはせつるを、日ごろいと重くなやませたまふことありて、にはかにおりゐさせたまひぬ。（若菜下④一六四頁）

前者は朱雀帝の譲位であり、後者は冷泉帝の譲位である。朱雀帝の場合は、譲位の経緯が桐壺帝の夢告として詳しく語られるが、譲位そのものについては簡単に述べるにとどまる。冷泉帝の譲位も病気によるものと述べられるに過ぎない。両帝の譲位はそれでも描かれているのに対して、桐壺帝の譲位のみが描かれていない。語られない譲位は、むしろそれだけ重い意義を物語に記していると考えることができるのではないか。(6) 桐壺帝の譲位は、桐壺帝から朱雀帝へと皇統の系譜が受け継がれたことを示すとともに、光源氏をそこから除外するものであった。二年間の空白は、特定事実としてそれを揺るぎないものとして語るものといえよう。葵巻は、それを前提として、その後の世界をあらためて物語にひき据え直し、語り出していくのであった。

次に巻頭に「〜後」という表現が使われるのは澪標巻で、明石巻で見た故院の夢の後から始まる。

さやかに見えたまひし夢の後は、院の帝の御事を心にかけきこえたまひて、いかでかの沈みたまふらん罪救ひたてまつることをせむと思し嘆きけるを、かく帰りたまひては、その御いそぎしたまふ。神無月に御八講したまふ。世の人なびき仕うまつること昔のやうなり。（澪標②二七九頁）

この始まり方は、葵巻と違うように見える。葵巻が譲位、即位を前提にして語っているのに対して、物語は夢を起点として語ろうとしている。

夢とは、源氏と朱雀帝に同じ夜に現れた夢のことであり、その夢告が物語を動かしたことになる。その夢とは、次の通りである。

・「いとあるまじきこと。これはただいささかなる物の報いなり。（略）いみじき愁へに沈むを見るにたへがたくて、海に入り、渚に上り、いたく困じにたれど、かかるついでに内裏に奏すべきことあるによりなむ急ぎ上りぬる」　【源氏の夢】（明石②二二九頁）

・三月十三日、雷鳴りひらめき雨風騒がしき夜、帝の御夢に、院の帝、御前の御階の下に立たせたまひて、御気色いとあしうて睨みきこえさせたまふを、かしこまりておはします。聞こえさせたまふことども多かり。源氏の御事なりけんかし。いと恐ろしういとほしと思して、　【朱雀帝の夢】（明石②二五一頁）

源氏と朱雀帝に現れた夢は、父の遺言「はべりつる世に変らず、大小のことを隔てず何ごとも御後見と思せ。（略）親王にもなさず、ただ人にて、朝廷の御後見をせさせむと思ひたまへしなり。その心違へさせたまふな」（賢木②九五、九六頁）を破ったことの重要さを表すと同時に、物語を展開させているのである。故桐壺院の夢は、冷泉帝を支えて政治的に生きてほしいという桐壺院の願いが違えられていることから来ている。

冥界にいる桐壺帝は、源氏が須磨に流謫していることが心残りで、こうなってしまった政治的流れを変えようとして夢に現れたのだ。前掲の夢は、故桐壺院の遺言を違えていることを源氏と朱雀帝に訴えているともとれる。

「さやかに見えたまひし夢」は、朱雀帝政権を崩壊させていく契機ともなり、政治的意味合いが強い。光源氏にとっての夢の意味は、故桐壺院の後を継ぐ者として光源氏を位置づけていることにある。桐壺院の霊の出現の意義については、日向一雅が「院は皇室の祖として、冷泉の即位と光源氏輔弼の実現が王権の繁栄と安泰であると考え、それを祈念していたのであり、それゆえ現状を黙過できなかった」[7]と述べ、林田孝和が「霊夢は、冷泉院の実父として光源氏の〈潜在王権〉を確立させる重要な役割を果たすのであった」[8]と指摘するように、皇統の系譜の継承に深く関わるものであったということができる。澪標巻巻頭は「さやかに見えたまひし夢の後」と語ることによって、そうした「夢」の意義を物語においてひき据え直し、物語の論理として朱雀帝政権の非正当性と光源氏の系譜の正当性を語りつつ、その後の世界を語っていくのである。そして、物語はそれを受けつつ、御八講を行う光源氏を語り、桐壺帝の系譜を光源氏が継承していく姿を示していく。もちろん、朱雀帝が譲位するのは「さやかに見えたまひし夢の後」のしばらく経った折のことである。澪標巻巻頭は、「さやかに見えたまひし夢の後」という語り方によって、桐壺帝の系譜の継承のあり方を捉え直し、それを前提にした後の世界の物語を作り出していくのであった。

同様に、若菜上巻巻頭も、冷泉帝が退位しているわけではない。

朱雀院の帝、ありし御幸の後、そのころほひより、例ならずなやみわたらせたまふ。もとよりあつしくおはしますしますが中に、このたびはもの心細く思しめされて、「年ごろ行ひの本意深きを、后の宮のおはしましつるほどは、よろづ憚りきこえさせたまひて、今まで思しとどこほりつるを、なほその方にもよほすにやあらん、世に久しかるまじき心地なんする」などのたまはせて、さるべき御心まうけどもせさせたまふ。

（若菜上④一七頁）

この六条院への御幸は、表面的には臣下に対する御幸であるが、物語の内実として父が源氏であり、それを皇統の系譜に位置づける朝覲行幸であった。(9)世間には知られていないが、冷泉帝が知ってしまった物語の上での事実、「源氏が自分の父である」つまり、帝の父であるということへの態度の表明とでもいえようか。光源氏の皇統の系譜の正当性は、この六条院御幸によって明らかにされたといえよう。「朱雀院の帝、ありし御幸の後」は、光源氏を帝の父としてひき据え直し、それが明らかにされた後の世界の始まりを構築し直す役割を担っている。

この御幸の「後」を起点として、朱雀院の病が重くなっていくのであるが、それは夢を起点として語ろうとしていた以前の澪標巻の巻頭と同じように、政権が交代していくという共通性がある。

では、第三部の匂兵部卿巻巻頭は、どうであろうか。

光隠れたまひにし後、かの御影にたちつぎたまふべき人、そこらの御末々にありがたかりけり。

（匂兵部卿⑤一七頁）

この巻頭表現は、光源氏が亡くなったことを示して「〜後」を語り出すものである。ここでは、以前の巻の巻頭に見られたその後の世界をあらためて物語にひき据え直し、語り出していく「〜後」という表現でもなく、「〜後」という表現を起点として語ろうとしているのでもない。もちろん、ここは皇統の系譜をかたどるものではなく、光源氏という主人公の亡き後の物語をかたどるのである。これまでの三巻の冒頭を振り返ってみれば、皇統の系譜とはいいながら、それはすべて光源氏に関わるものであった。しかし、光源氏が亡くなったことを示すこの表現は、皇統の系譜そのものを描こうとはしていない。次に巻頭に「〜後」という表現が置かれるのは、竹河巻で「これは、源氏の御族にも離れたまへりし後」（竹河⑤五九頁）とことわって、源氏の一族からは離れた人々が語り出した話が紹介される。[10] その物語は以降の巻へは発展しない。このことは、宇治十帖においては、これまでとは違って、皇統の系譜等の物語を語るものではないことを示していようか。

『源氏物語』第一部、第二部、匂宮三帖の巻頭表現に見られる「〜後」という表現は、物語の発端を表す方法として機能していたが、竹河巻巻頭の「〜後」の表現を境として、巻頭の「〜後」の表現は使われなくなる。それに交代するかのように匂宮三帖の紅梅巻、宇治十帖の橋姫巻、宿木巻、手習巻において、その巻頭に「そのころ」が表現されるようになる。吉海直人は、「そのころ」を分析し、「巻頭の用例としては、続編に四例が集中している」とし、「「その頃」以下、しばらく前巻の物語とは別な空間の人物を登場させ、その世界の漠然とした過去から物語を始めるのである」[11] と述べ、「そのころ」が第三部に使われる意味を説く。吉海直人の指摘する続編における巻頭の「そのころ」は、正編の具体的な出来事の「〜後」の表現を語る世界とは異なり、「そのころ」という「漠然とした過去」にもどりつつ、二つの事柄を併行して語る語り方をなしていることになる。しかも、「そのころ」は、石田穣二も「物語の冒頭形式を持つ橋姫、宿木、手習を、それぞれ次に続く巻々の初頭に置いて、つまり、橋姫、椎本、総角、早蕨の四帖、宿木、東屋、浮舟、蜻蛉の四帖、手習、夢浮橋の二帖と、十帖全体を三部に分けて考へるのが正しいであらう」[12] と指摘する通り、宇治十帖においては、正編の「〜後」という表現同様、物語が大きく転換する冒頭表現たり得ている。

第三部では「〜後」という表現に代わって「そのころ」が巻頭に用いられるということはあるが、「〜後」表現じたいは、過去の出来事を改めて語ることによってその出来事を確認させる。第一部、第二部の巻頭に用いられる「〜後」という表現は、桐壺帝譲位や朱雀帝政権崩壊など、過去の事柄が、政治的世界、皇統の系譜の変容等に深く関わることであったのに対して、第三部では、そういう意味合いは薄れている。しかし、「〜後」という表現が、物語の過去の出来事を位置づけし直すことによって、その後の世界のありようを構築し直す方法であったことは確かである。

二　宇治十帖の地の文における「〜後」表現

すでに述べたように、「〜後」という表現は、源氏物語において一七三例用いられるが、その内訳は、第一部六二例、第二部三九例、第三部七二例（内、宇治十帖六二例）となっており、数の上では、第三部の用例数が多いことが分かる。また、そのうち会話文や心内文や手紙文に使われる用例数は、第一部二九例、第二部二二例、第三部五一例（内、宇治十帖五〇例）となっており、「〜後」という表現は、会話文等に用いられることが顕著であるといえる。特に「〜後」という表現が顕著に表れる宇治十帖では、具体的にどのような用いられ方をしているのかを考えていくことにしよう。

まず、地の文における「〜後」という表現について、その使われ方を見てみよう。使われる主たる対象は、中の君三例、薫五例、浮舟一例などである。(13)

次は、中の君の場合である。

例の、中納言殿おはしますとて経営しあへり。君たち、なまわづらはしく聞きたまへど、移ろふ方異ににほはしおきてしかばと姫宮思す。中の宮は、思ふ方異なめりしかば、さりともと思ひながら、心憂かりし後は、ありしやうに姉宮をも思ひきこえたまはず、心おかれてものしたまふ。何やかやと御消息のみ聞こえ通ひて、いかなるべきことにかと人々も心苦しがる。（総角⑤二六二、二六三頁）

薫が訪れた際に、薫の入来を、姫君たちは「なまわづらはしく」と何となく困ったことになったと聞くが、大君も中の君もそれぞれ「移ろふ方異に」「思ふ方異なめり」と、薫が目当てとしている女君は自分とは別の人であり、自分を思っての入来ではないと思う。しかし、そんな思いを二人は確認し合えなくなっている。「心憂かりし」ことは、『細流抄』に「大君の心しりにて薫をみちひき給へるにやと中君はうらめしく思ひ給ゆへ也[14]」とあり、『孟津抄』に「たはかりてかほるへあはせ給とて大君をうらみ給也[15]」とあるように、先夜の薫の進入の折、大君が中の君を残して去ったことにより、中の君の大君への信頼関係が壊れてしまったことをさすのである。そして、それは、中の君と匂宮の結婚という新たな事態を引き起こしていくこととなる。

中の君物語で、次に「〜後」という表現が使われるのは、匂宮と結婚し、大君の死後、京に住処を移す移転の後のことである。

かく渡りたまひにし後は、ことなることなければ、内裏に参りたまひても、夜とまることはことにしたまはず、（宿木⑤三八六頁）

中の君にとって住処を移すことを境として、宇治における物語は断ち切られ、京の匂宮の妻室としての物語となるのである。この立場の転換を示す引越の後という表現は、決定的な物語展開上の「〜後」表現である。ここでは

「かく渡りたまひにし後」という表現によって「かく渡りたまひにし」ことを明示しながら、その「後」の物語を語ろうとしている。「かく渡りたまひにし」とは、中の君が宇治から京の匂宮のもとに住居を移したことをいうが、中の君にとってそれは単なる転居にとどまらない意味を持っていた。中の君は父八の宮が宇治の地を離れるなと遺言によって強く述べていたことを思えば、宇治からの転居は父の遺言の破棄である。遺言を破ることが、祖霊の庇護を受けないものであるとすれば[16]、中の君は父八の宮の庇護を拒絶して京へ出てきたといえる。物語は「～後」という表現によって、それまでの世界を捨て、新たな世界を語り始める。つまり、これまでの世界と隔絶した場所に自らを置いて生きようとする中の君の新たな物語を、紡ぎだしているのである。

その後の中の君の人生は、「内裏に参りたまひても、夜とまることはことにしたまはず」と、匂宮が毎夜訪れたことが語られる。そうした平穏だった中の君の生活は、匂宮と六の君の結婚によってまた、転機が来る。その折も「～後」という表現が使われる。

かくて後、二条院に、え心やすく渡りたまはず。（宿木⑤四二一頁）

中の君が京に住居を移した後の匂宮は、中の君のもとに毎夜渡ってきていたが、六の君との結婚後は、「二条院に、え心やすく渡りたまはず」と中の君が住む二条院に来ることができない状態となる。つまり、結婚して情況が変わったことになる。この情況の変化は、これまでは中の君が匂宮の妻妾の中では一番の地位にいた立場の転換を示す。時の右大臣夕霧の息女との結婚は、中の君における妻室の位置が崩れる出来事であり、しかも、匂宮は六の君に満足の様子である。夜離れが続いて、中の君が京で築こうとした新たな世界は挫折したことになり、その悲しみを慰める薫の接近を呼び起こすという物語展開になっていく。中の君の地位を根幹から覆す六の君との結婚の「かくて後」という表現は、重い意味合いを持って物語を動かしていくのである。

以上のように見てくると、中の君物語においては、巻の区切りとは関係なく、物語の転換点になる部分に「〜後」という表現があり、それを軸として以後の物語が展開される。言い換えれば、巻意識ではなく、「〜後」という表現を境として、それまでの中の君物語が断ち切られ、新たな局面が展開される。「〜後」と表現された時、前のことを取り立てて言いながら据え直し、その後のことを語り出している。

また、薫物語も、女二の宮との結婚をさしての「かくて後は」（宿木⑤四七六頁）、「三条宮焼けにし後は」（総角⑤二五九頁）、「東の対どもなども、焼けて後」（宿木⑤四七六頁）といった三条宮焼失の「〜後」の表現の他、女一の宮への強い思慕の情を抱いた後のことをさしての「その後」（蜻蛉⑥二五九頁）という用いられ方がされており、薫物語の転換点に「〜後」という表現が認められ、浮舟物語においても、その出家後のことに「この本意のことしたまひて後より」（手習⑥三五四頁）と「〜後」という表現が用いられる。このように、「〜後」という表現は作中人物の個々の物語の転換点に置かれるという特色がある。

もちろん、こうした「〜後」という表現の用いられ方は、宇治十帖に限ったものではない。具体的に、正編の六条御息所物語や玉鬘物語を見てみよう。

まず、六条御息所物語では、「六条わたりも、とけがたかりし御気色をおもむけきこえたまひて後」（夕顔①一四七頁）と、御息所をなびかせた後から物語は始まり、「人の思ひ消ち、無きものにもてなすさまなりし御禊の後」（葵②三六頁）と、斎院の御禊の折の車争いの後に、葵の上一行から屈辱を受けたことの「〜後」の表現、それを機に生霊事件が起こり、その事件の後は、「瑕ありて思ひきこえたまひにし後」（賢木②八八頁）と源氏がこの事件を思い悩んでいく「～後」という表現がなされ、それを境にして源氏が、「はたあはれもさめつつ」（賢木②八八頁）と、御息所を疎む状態へと変わっていく。そして、六条御息所は伊勢へ娘斎宮とともに下向するのであるが、伊勢から帰京した後も「御息所のぼりたまひて後」（澪標②三〇九頁）と語られ、六条御息所物語の転換点に、「～後」という表現は使われている。

もう一例挙げると、玉鬘物語は、「かく聞きそめて後」（玉鬘③一二一頁）と、玉鬘の話を右近から聞いた後、物語は始まり、「かの踏歌のをりの御対面の後」（胡蝶③一七四頁）と、紫の上との対面の後が語り出され、「色に出でたまひて後」（胡蝶③一九一頁）と「かくうたてあるもの嘆かしさの後」（蛍③一九七頁）と、源氏が恋心を玉鬘へ打ち明けた後の情況が語られ、裳着の日決定後をさして「かくて後」（行幸③三一一頁）、玉鬘の事情を知った実父内大臣の様子としての「めづらかに聞きたまうし後」（行幸③三一六頁）、玉鬘の実情が分かって恋慕する夕霧の「聞き明らめて後」（藤袴③三三〇頁）という用いられ方として、「～後」という表現は使われる。

六条御息所物語は、源氏の正妻葵の上を死へ至らせるという内容自体が重いので、その物語の転換点に置かれている「～後」という表現も屈辱を受けた後や生霊事件の後という重い意味を伴うことはあるが、「～後」という表現自体は、それを起点として物語が展開し、物語を繋いでいくものである。玉鬘物語においては、玉鬘のことを聞いた後、物語は始まり、紫の上との対面の後、手紙の交換が始まったと語られるだけであり、作中人物の性格の描かれ方にもよろうが、紫の上との間で確執が起こるなどというふうな展開にはならない。源氏が恋心を玉鬘へ打ち明けた後、裳着の日決定後、実父内大臣が玉鬘の事情を知った後や夕霧が玉鬘の実情が分かった後も物語が大きく展開していくわけでもない。つまり、「～後」という表現が、物語を繋いでいくという繋ぎの言葉として使われている。

正編の物語も、作中人物の個々の物語の転換点に「〜後」という表現が置かれている例はあるが、宇治十帖においては、その「〜後」という表現によって以前のことを据え直し、新たな局面が展開される場合が多い。宇治十帖の地の文における「〜後」という表現は、個々の物語の転換点となりつつ物語を紡いでいくものとして機能するのである。

三　八の宮の会話、心内語をめぐる「〜後」表現

宇治十帖の地の文においては、「〜後」という表現が、個々の物語を紡いでいく方法として用いられているが、八の宮は、その会話や心内語において「亡からむ後」と自分の死後を先取りして物語る。それは、具体的にはどのような用いられ方をしているのであろうか。

山寺に参籠する前の八の宮が、自分の衰弱を意識し、姫君たちに遺言をする次の場面を見てみよう。

「（略）かつ見たてまつるほどだに思ひ棄つる世を、去りなん後のこと知るべきことにはあらねど、わが身ひとつにあらず、過ぎたまひにし御面伏に、軽々しき心ども使ひたまふな。おぼろけのよすがならで、人の言にうちなびき、この山里をあくがれたまふな。ただ、かう人に違ひたる契りことなる身と思しなして、ここに世を尽くしてんと思ひとりたまへ。ひたぶるに思ひしなせば、事にもあらず過ぎぬる年月なりけり。まして、女は、さる方に絶え籠りて、いちじるくいとほしげなるよそのもどきを負はざらむなんよかるべき」などのたまふ。

（椎本⑤一八四、一八五頁）

八の宮は、他者のことではなく、しかも自身の死後のことを「〜後」という表現によって述べる点において注目される。この「亡からむ後」は、橋本修の指摘する「将来」「後のこと」を表す語りとして、自分の生を将来に繋いでいこうとする言葉となっている。これまで世を捨てて生きてきて死後のことは分からないのだがと断りつつも、死後のことを命令の形で遺言する。「軽々しき心ども使ひたまふな」は、『湖月抄』に「あだなる人などになびき給ふなと也」[17]とあるように、軽率な結婚を戒めることであり、さらに八の宮は「人の言にうちなびき、この山里をあくがれたまふな」と男の口車に乗ってこの山里を出るなと命令する。最後に「ここに世を尽くしてんと思ひとりたまへ」とこの地で死ねと命令する。この遺言は、八の宮の「ひたぶるに思ひしなせば」の実人生に照らし出されたものであるから、説得性がある。[18]

なぜ、このように強く命令するのであろうか。日向一雅が「「家」観念と「恥」の意識に支えられた一種孤高な魂の所在」を宇治の一族の「「宮家」の精神」と指摘し、[19]今井久代が「八の宮は、娘ゆえにこの世に縛られていると嘆きながら、一方で娘たちを過去への自負を棄てられぬ歪んだ自己に縛り付けている」とし、それが「没落貴族の無念と自負の念」であることを説く。[20]この遺言には、自分の人生の無念さ故に、姫君たちにはその思いをさせたくない思いと、宮家の誇りを傷つけないでほしいとの思いが濃厚である。

このように見てくると、会話や心内語における八の宮の「亡からむ後」は、正編の巻頭に見られる「〜後」の表現のような使われ方ではなかろうか。それは、自分の皇統の系譜の誇りを、後の世まで維持し続けてほしい八の宮の思いの表現なのである。日向一雅が「没落する「家」はその一族が「家」の掟に恥じない没落を生ききることを要求していたのである」[21]とするが、八の宮の「亡からむ後」には、そうした思いが込められている。

『源氏物語』の「〜後」という表現は、正編の「〜後」の巻頭表現が皇統の系譜を語ることに主眼があったのに対して、宇治十帖の地の文では「～後」という表現が、個々の物語の転換点となりつつ物語を紡いでいく点に違いがあった。それに対して、宇治十帖の八の宮の会話に多用される「亡からむ後」は、自分の人生を自分の死で終わらせるのではなく、後を生きる人々に受け取らせて、呪縛していこうとしたものであると考えられる。それは、没落しても宮家の精神を生き抜いた八の宮が、その誇りを自分の死後も姫君たちに引き受けさせようとしたことから出てきたものであろう。

この場面と『源氏物語』正編で使われる死後を先取りした表現の柏木、紫の上の遺言の場面を比べてみよう。柏木は、「亡からむ後にも、この勘事ゆるされたらむなむ、御徳にはべるべき」（柏木④三二六頁）と、源氏の「ゆるし」が死後あってほしいというものである。告げられた夕霧は、「心の中に思ひあはすることども」（柏木④三二七頁）はあるが、遺言の意図する具体的内容を定かには受けとることができない。夕霧に伝わるか否かを考える余裕もなく遺言せずにはおれない柏木の「亡からむ後」への思いであったのだ。しかし、柏木の「亡からむ後」には、自分の系譜を繫いでいこうとする意識はない。

一方、紫の上の場合は、「もののついでなどにぞ、年ごろ仕うまつり馴れたる人々の、ことなる寄るべなういとほしげなるこの人かの人、「はべらずなりなん後に、御心とどめて尋ね思ほせ」などばかり聞こえたまひける」（御法④五〇二頁）と、「もののついで」に「はべらずなりなん後」の自分に仕えた女房のことを明石中宮に依頼するのである。それは、中宮という立場からすると履行可能な範囲だから、紫の上は口に出している。紫の上は「上は、御心の中に思しめぐらすこと多かれど、さかしげに、亡からむ後などのたまひ出づることもなし」（御法④五〇一頁）と自分の現在を死後の将来に繫ごうとする「亡からむ後」は口にしない。紫の上の場合は、女楽の後、「まめやかには、いと行く先少なき心地するを、今年もかく知らず顔にて過ぐすは、いとうしろめたくこそ。さきざきも聞こゆること、いかで御ゆるしあらば」（若菜下④二〇七、二〇八頁）と、現世への執着を断って出家したい思いを、源氏に告げていることが示すように、遺言には、自分自身の後世への執着が少ないことが分かる。そして、柏木、紫の上の死後を思う心は、自分の家の誇りに関しては一切語られていない。

それに対して、八の宮は、生前、「亡からむ後」「去りなん後」を、何度も口にする。

「何かは。懸想だちて、もてないたまはんも、なかなかうたてあらん。例の若人に似ぬ御心ばへなめるを、亡からむ後もなど、一言うちほのめかしてしかば、さやうにて心ぞとめたらむ」などのたまひけり。

（橋姫⑤一五三頁）

この場面は、八の宮の留守中の薫の訪問、そして手紙が来たことを八の宮に女房が報告した折、薫に自分の死後のことを頼んでいるから彼を信用して良いと女房に告げるところである。姫君たちを直接世話するのは、女房たちであるので、その人々への遺言である。もちろん、この言葉を姫君たちも聞いていることになるが、姫君たちのことは薫に委託したと言う八の宮である。

薫、姫君たち、女房たちに告げられた「亡からむ後」を、八の宮は、入山の前日、邸を離れるにあたって邸内を回りながら、反芻する。

明日入りたまはむとての日は、例ならずこなたかなたたたずみ歩きたまひて見たまふ。いとものはかなく、かりそめの宿にて過ぐいたまひける御住まひのありさまを、亡からむ後、いかにしてかは若き人の絶え籠りては

過ぐいたまはむと涙ぐみつつ念誦したまふさま、いときよげなり。（椎本⑤一八六頁）

この「亡からむ後」は、八の宮自身の思惟として、自分の死後の姫君たちを憂慮するものである。遺言で「亡からむ後」宇治の地を離れるなと姫君たちに言ったのだが、「いかにしてかは若き人の絶え籠りては過ぐいたまはむ」と、自分の死後、姫君たちがこの地でどう過ごしていくのかを心配する。八の宮は自分で遺言しながらも、それを守る難しさを思い、念誦するしかないのである。

この期を最後として、八の宮は、この地に帰ることもなく世を去るのであるが、その間際まで、心内語として「亡からむ後」を反芻している。繰り返し表現される「亡からむ後」は、死ぬ前の八の宮の強い思いの表現といえよう。これまでの自分の人生を鑑み、その実人生の重みを見せて「亡からむ後」と八の宮は、人々を呪縛していこうとする。姫君たちに宮家の誇りを傷つけるような結婚をするなとは、八の宮自身が守り抜いた方法であった。八の宮の家系は母女御も妻も大臣家の娘であった。その門地の高さの誇りが、浮舟の母の中将の君を妻として認めず、浮舟をも認知しなかったのであろう。京の八の宮邸焼失後、京で落ちぶれた生活をするのではなく、宇治という新天地で生きていこうとしたのも、宮家の誇りを守ろうとした八の宮の意地であろう。

八の宮から繰り返される「亡からむ後」は、やがて来るであろう自分の死後を、宮家として守り抜こうとする意思の強さの表現であったのである。

結びに

「〜後」という表現は、作中人物の個々の物語の転換点に置かれ、以前のことを据え直し、新たな局面が展開される時に使われる。八の宮の言葉に使われる「亡からむ後」とて例外ではない。八の宮の死後には、新たな物語が展開されることが必定であるが、宮は、生きていた時に執着した宮家の誇りを、自分の死後にも持続させてほしいと、「亡からむ後」への思いを告げるのであった。

八の宮が自分の生の断絶の「亡からむ後」を先取りして何度も言うことは、その死後への思いの執着の強さを物語っていよう。八の宮から何度も発せられた「亡からむ後」には、皇統の系譜を受け継ぐものとして、自分の人生を位置づけし、それを姫君たちに受け継ぎ守ってほしい意図があったのである。宮家の誇りを守るとは、姫君たちにとって、生きることよりも死に繋がることになるのであるが、八の宮は、それでもそう祈念するしかないのであった。そういう八の宮の死後への思いが、「亡からむ後」という表現に繰り返し語られているのであった。

註

（1）『角川古語大辞典』の①の意味による。
（2）望月満子「アトとノチの語義について——その史的推移——」日本語学会編『国語學』一四八集、一九八七年三月。
（3）橋本修「上代・中古和文資料における、ノチ節のテンスとアスペクト」筑波大学文藝・言語学系『文藝言語研究

〈言語篇〉』二六巻、一九九四年八月。

(4) 玉上琢彌「葵」『源氏物語評釈』第二巻、角川書店、一九六五年、三六四頁。

(5) 針本正行「古代の帝の即位と譲位」「葵」『源氏物語の鑑賞と基礎知識』至文堂、二〇〇〇年三月、二四頁。

(6) 大朝雄二は、「源氏物語続篇の構造についての試論――橋姫巻の空白をめぐって――」で「花宴巻まで在位していた桐壺帝は、葵巻ではすでに退位しており、新帝即位による宮廷秩序の再編が完了したところから葵巻は始められている。物語状況が基底部から一新されているところに、その間に流れた月日の尋常ならざる重みが感じられるのである」と空白の意義を解釈する（『國語と國文學』第五八巻第七号、一九八一年七月）。

(7) 日向一雅「怨みと鎮魂――源氏物語への一視点――」『源氏物語の主題　「家」の遺志と宿世の物語の構造』桜楓社、一九八三年、四〇頁。

(8) 林田孝和「源氏物語の夢の位相」『源氏物語の精神史研究』桜楓社、一九九三年、五七頁。

(9) 浅尾広良は、「六条院行幸での朱雀院――「宇陀の法師」をめぐって――」において、「「宇陀の法師」を実名表記することの意味は、冷泉帝御代を一院から流れる聖代として象徴する意図があると考える」と朝覲行幸として、桐壺帝からの皇統の系譜として捉える（『源氏物語の準拠と系譜』翰林書房、二〇〇四年、一四四頁）。

(10) 内閣文庫本『細流抄』によれば、「此発端紫式部か作とみせすよその人のいへる事のやうにかけり」とある（おうふう、一九八〇年、三四〇頁）。

(11) 吉海直人「源氏物語「その頃」考――続編の新手法――」（『源氏物語研究〈而立篇〉』影月堂文庫、一九八三年、一七三頁、一七八頁）。なお、松島毅「手習」鑑賞欄の「その頃」には、「「その頃」は直前の巻の時間を直接引き継ぐ表現とはなっていないのである」との指摘がある（『源氏物語の鑑賞と基礎知識』二〇〇五年五月、至文堂、二五頁）。

(12) 石田穣二「宿木の巻について――宇治十帖の構造――」註（11）『源氏物語の鑑賞と基礎知識』二二四頁。

(13) 他に、八の宮、匂宮、女二の宮の母に一例ずつある

(14) 註（10）に同じ（三七二頁）。

（15）『孟津抄』（下巻）、桜楓社、一九八二年、一二四頁。
（16）註（7）に、「光源氏の栄華が冷泉帝の即位と表裏一体であったことは、桐壺院がかれらの祖霊として守護したからだといってよいのであろう」（四〇頁）とある。この前提に立つと、中の君が父八の宮の遺言を破ることは、父が子を守ることを破棄したことになろう。
（17）『湖月抄』下巻、弘文社、一九二八年、三七三頁。
（18）長谷川政春は「宇治十帖の世界――八宮の遺言の呪縛性――」で、「ひたぶるに思ひなせば、ことにもあらず過ぎぬる年月なりけり」に注目して、「ひたぶるに思ひなせば」――自らが自らを呪縛する言葉、私ともう一人の私との相剋の言葉であり、無限に恨みを秘めた言葉である」と、自らが自らを呪縛した言葉だから、薫や大君や中の君を呪縛していったと指摘する（『國學院雑誌』第七一巻第一〇号、一九七〇年一〇月）。
（19）日向一雅「八宮家の物語――「家」観念と「恥」の契機を軸として――」註（7）書、一七八頁。
（20）今井久代「宇治八の宮の遺戒と俗性」『源氏物語構造論――作中人物の動態をめぐって』風間書房、二〇〇一年、四〇一、四〇四頁。
（21）註（19）に同じ（一八〇頁）。

3 「暇なき」薫――京と宇治往還をめぐって――

はじめに

宇治十帖に登場する薫は、「暇なし」という言葉に表されるように忙しい日々を送っていた。

聖だつ人才ある法師などは世に多かれど、あまりこはごはしうけ遠げなる宿徳の僧都、僧正の際は、世に暇なくきすくにて、ものの心を問ひあらはさんもことごとしくおぼえたまふ、また、その人ならぬ仏の御弟子の、忌むことを保つばかりの尊さはあれど、けはひいやしく言葉たみて、こちなげにもの馴れたる、いとものしくて、昼は公事に暇なくなどしつつ、しめやかなる宵のほど、け近き御枕上などに召し入れ語らひたまふにも、いとさすがにものむつかしうなどのみあるを、いとあてに心苦しきさまして、のたまひ出づる言の葉も、同じ仏の御教へをも、耳近きたとひにひきまぜ、いとこよなく深き御悟りにはあらねど、よき人はものの心を得たまふ方のいとことにものしたまひければ、やうやう見馴れたてまつりたまふたびごとに、常に見たてまつらまほしうて、暇なくなどしてほど経る時は恋しくおぼえたまふ。（橋姫⑤一三四頁）

薫は、世の中への堪えがたい思い、「世の中を深くあぢきなきものに思ひすましたる心」（匂兵部卿⑤二九頁）や「我こそ、世の中をばいとすさまじく思ひ知」（橋姫⑤一二八頁）る心に囚われていた。その心の晴れやらぬ思いの

「ものの心を問ひあらはさん」と思って宿徳の僧都、僧正の身分の僧侶に話を聞いても、彼らは非常に「暇なく」の状態であるから、薫は親しみを感じることができない。また、これといったこともない法師を、落ち着いた宵に枕もとに呼び入れて話し合ってもしっくりいかない。薫の日常は、「暇」のない状態が続いており、特に「昼は公事に」暇がなかったと語られる。この時の薫は中将という近衛府の次官の職にあり、公事に忙殺される生活の中にいる。(1) その生活の中での薫には、京の論理で動く「暇なく」の状態にある法師の教えは、心を落ち着けて受け取ることができず身にしみていかないのである。そうした薫が、「よき人」である宇治の八の宮を訪れ、「ものの心を得」た法に親しみやすさを持ち、精神的繋がりを常に持ちたいと思うようになる。しかし、三位宰相中将の薫は、公務に忙しくて京に縛りつけられている。その情況を表す言葉が「暇なし」と表現される。特に、「暇なくなどしてほど経る時」は、忙しさに自分を見失いつつある中で、いや見失いそうであるからかえって、八の宮が「恋しく」思われ、薫は宇治へ行きたいと思うと語られる。

「自由にできる時間的ゆとり。休暇(2)」という意味を持つ「暇」。この語に「なし」がついての「暇なし」には、休暇がとれない意と休暇がとれないほど忙しい意がある。薫に表現される「暇なし」とは、どういう情態であり、その時間意識はどうであったのだろうか、本章では、そのことを考えてみたい。

なお、『源氏物語』における時間的ゆとり、休暇を表す「暇」の全用例は四七例、内訳は、源氏一四例、薫八例、明石の中宮三例、夕霧、匂宮に二例ずつ、桐壺更衣、左馬頭、朱雀院の行幸の人々、博士ども、桐壺帝、弘徽殿女御、玉鬘、道々の物の師、雲居雁、女三の宮、女三の宮の女房、明石の入道、真木柱の若宮、律師、僧都・僧上、中将、一般的な人、紫の上と女三の宮（セットで）に一例ずつ使われる。

一　暇なき人々

京における薫、僧都、僧正の日常の「暇なし」の表現から、人々の生活の忙しさを窺い知ることができるが、では、どういう人々が「暇なき人」として記されているのか。官人で「暇なき人」として表現されるのは、源氏、薫、匂宮である。

たとえば「暇なき人」として表現される匂宮は、官人という立場ではなく、母明石の中宮からの暇がない旨が語られる。

宮は、ありがたかりつる御暇のほどを思しめぐらすに、なほ心やすかるまじきことにこそはと、いと胸ふたがりておぼえたまひけり。（総角⑤二八一頁）

中の君との結婚の時間を持つことができたのは、「ありがたかりつる御暇のほど」を薫が作ってくれたからである。中の君と結婚した匂宮は、自分の滅多にとれない暇のことを思い、これから宇治へはなかなか行けないだろうと思案する。

匂宮に暇がないことは、蜻蛉巻の薫の言葉によっても分かる。それは、「まして御暇なき御ありさまにて、心のどかにおはしますをりもはべらねば」（蜻蛉⑥二一九頁）と、語られる。匂宮はいつも母中宮に見張られているので、「暇」がないのである。その監視から逃れるように宇治へ行く。「暇」とは、そうした多忙の中で作られた自分なりに生きることができる隙間なのである。

他に「暇なき人」として、子育てに忙しい雲居雁（「子どもあつかひを暇なく次々したまへ」若菜下④二〇三頁）、御禊の日の準備に忙しい女三の宮の女房（「御禊、明日とて、（略）とりどりに暇なげにて」若菜下④二二三頁）、行幸の準備の人々（「親王たち大臣よりはじめて、とりどりの才ども習ひたまふ、いとまなし」若紫①二三九、二四〇頁）、女楽の準備のための道々の物の師、上手（「道々の物の師、上手暇なきころなり」若菜下④一八〇頁）、祈禱のための律師（「この律師（略）暇なげなめる」夕霧④四〇四頁）などが語られ、それらの人々はそのことに忙殺されて他を顧みる余裕がない状態にある。

このように見てくると、「暇なし」とは、多忙で他を顧みる余裕がない状態にある場合や他から休暇が与えられなくて忙しい状態として用いられていることが分かる。

中でも、『源氏物語』で「暇なし」の語が一四例使われる源氏に注目したい。たとえば、源氏が明石の地で入道と対話する次の場面に、「暇なく」は使われる。

年ごろ公私御暇なくて、さしも聞きおきたまはぬ世の古事どもくづし出でて、かかる所をも人をも見ざらましかばさうざうしくやとまで、興ありと思すこともまじる。（明石②二三八頁）

明石での日々には「暇なし」は使われないのだが、暇な身になって初めて京にいた時の自分を振り返り、「暇なくて」と京で過ごした時間が意義づけし直される。「年ごろ公私御暇なくて」の「公」とは、公務のことであり、その「暇」がなかったとは、源氏が政治的中枢にいて忙しかったことを示している。それに対して、私的に「暇」がないとは、女君のもとへ通うことが忙しかったということである。二条院へ引き取られた若紫の源氏を慕う場面に「夜などは、時々こそとまりたまへ」（紅葉賀①三一七頁）と若紫のもとに泊まることは時々はあったが、「ここかしこの御暇なくて」（紅葉賀①三一七頁）と、他の女君のもとへ出かけるので暇がなかったと語られる。

このように公私に亘って京では「暇なき」人であった源氏に、公務に「暇なし」という表現が葵巻以降使われなくなる。すでにその巻の前年桐壺帝は譲位しており、朱雀帝が即位して御代代わりが行われている。それは、源氏にとって政治的な中枢から外れることに繋がり、やがて須磨、明石に蟄居する日々が、描かれることになる。その日々を経て京に帰還して源氏が政界に復帰すると、「中将、中務やうの人々にはほどほどにつけつつ情を見えたまふに、御暇なくて外歩きもしたまはず」（澪標②二八四頁）と「暇なき」源氏の時間が、再び描かれるのである。この部分について、『新編全集』の頭注（一二）が「政界中枢の人として多忙。愛人たちへの忍び歩きもできない[3]」と指摘するように、源氏は内大臣になり忙しく、他の女君たちのもとへ行けないのである。源氏の「暇なし」とは、公務と女君に逢う多忙な源氏の時間表現の方法であったのだ。つまり、政界で活躍している源氏は、女君に逢うのも旺盛で、「暇なし」と語られる。

二　実際の暇

源氏の「暇なし」に比べて、薫の「暇なし」は位相を異にする。薫の暇は物理的な暇であって、現実の官人に縛られている中での暇である。その暇がないとは、どんな状態だったのか。

まず、平安当時の実際の暇は、どのように取ることができたかをあげてみる。休暇については、山田英雄の「律令官人の休日[4]」、阿部猛の「貴族の休暇[5]」や日向一雅の「平安貴族の一日[6]」などの先行研究がある。ここではそれらの研究をふまえて、平安時代の実際の暇について考えておこう。平安当時の「暇日」を、まず「考課令」の「内外初位条」から見てみたい。

凡内外初位以上長上官。計ニ考前釐レ事。不レ満ニ二百卌日一。分番不レ満ニ一百卌日一。若帳内資人不レ満ニ二百日一。並不レ考。

（「律令」(7)）

右の条から、年間二百四十日の出勤とすれば、平均月二十日以上の勤務が求められていたことになる。六日に一日の休暇が認められていたことが分かる。(8) 同じように『假寧令』にも、「凡在京ノ諸司ハ。毎ニ六日一。並給ニ休暇一日ヲ一」(9)と六日に一日の休暇が与えられると記される。それ以上の休暇については、次のようである。

凢請レハ、、假ヲ。五衛府ノ五位以上ハ。給ニヘ三日一ヲ。京官ノ三位以上ハ。給ニヘ五日一ヲ。五位以上ハ。給ニヘ十日一ヲ。以外。及ネ欲レハ、出ニントニ畿外一ニ奏聞セヨ。其非レラム應レキニ奏ス。及六位以下ハ。皆本司判テ給ヘ。

（『令義解 假寧令』(10)）

その実際の欠勤届については、「九條殿遺誡」によれば、次のように記されている。

若有ニ故障一之時ハ。早奉ニ假文一可レ申ニ障之由一。不レ申ニ故障一闕ニ公事一之時ハ。其謗尤重シ。愼レ之誡レ之努々。

（「九條殿遺誡」(11)）

この「遺誡」には、欠勤には欠勤届を必ず出し、理由を申さなければならない旨が記されている。「考課令」、「假寧令」、「九條殿遺誡」には休暇のことが示されるが、実際に「暇日」をとるのは容易ではなかったことが、『小右記』[12]に記される。（なお、その時の実資の役職、年齢も示した。）

①永祚元年四月一日　【役職、円融院別当、三三歳】

四月一日、辛亥、依可有服親暇、不奉例幣賀茂、

（『小右記』一巻、一七一頁）

②永祚元年四月三日　【①と同じ】

（故北野三位服（藤原遠度））、今日請従父弟暇三个日、

（『小右記』一巻、一七二頁）

③長保元年一〇月一二日　【正三位、太皇太后宮大夫　四三歳】

十二日、辛酉、改葬暇可請七个日、然而近代不此間出仕似不義、仍請治病假、自内有召、令申病由、

（『小右記』二巻、六四頁）

①と②は、休暇が許された例であるが、③は、「改葬暇七ケ日」を申請しようとしたが、理由を「治病假」とすることにする。この「改葬暇七ケ日」とは、花山天皇の女御であった婉子を、その出家に際して実資がもらい受けて妻にし、その婉子が二七歳で亡くなり、その改葬のためのものである。

次は、実資自身の休暇ではなく、九月九日の休暇を処理する側から記したものである。

④寛弘八年九月九日　【大納言、右近衛大将按察使、五五歳】

九日（略）未尅許參内、治部卿參入、諸卿不參、召外記問諸卿、陣申云、云兵部卿（藤原忠輔）進暇文、左衛督申障、自餘無被申障者、日已及昏至、可令奏事由也、

（『小右記』二巻、二〇五、二〇六頁）

人々が参内せず、それぞれに休暇願を出させようとするが、なかなか出さない者もいると記されている。

平安時代において、休暇は規定としてあるが、実際の休暇がすぐに認められたとは限らず、その休暇願の假文（暇文）についても、『小右記』から分かるように、その理由は事実を書いたとは限らない。[13]そういうことはあるが、事由があると、平安の貴族は、規定に則って休暇を取り、その休暇のための休暇届も書いたと考えられる。

三　暇日の宇治での薫の意識

平安貴族の「暇」についての規定とそれを取ることができる実態は違っていたことが認められようが、薫とてその規範を免れることはできなかっただろう。薫の宇治訪問も、規定通り所属の官司に判をもらって休暇を取ったものと考えられる。[14]その薫は「昼は公事に暇なくなどしつつ」、「暇なくなどしてほど経る」など、実際「休日がない」状態が記されているが、薫の「暇なし」は五例中二例が会話の言葉として使われており、それを口に出すところに、自分が多忙の身という意識を強く持っていたことが窺われる。

薫から聞いた話として、阿闍梨が八の宮に薫のことを告げる場面は、次のようである。

阿闍梨、中将の君の道心深げにものしたまふなど語りきこえて、「法文などの心得まほしき心ざしなん、いはけなかりし齢より深く思ひながら、え避らず世にあり経るほど、公私に暇なく明け暮らし、わざと閉ぢ籠りて習ひ読み、おほかたはかばかしくもあらぬ身にしも、世の中を背き顔ならんも憚るべきにあらねど、（略）」など語りきこゆ。（橋姫⑤一三一頁）

薫が「法文などの心得まほしき心ざし」を幼少より持ちながら、忙しくてできなかったことを阿闍梨は語る。実際、薫は公務と私生活（多分母女三の宮の世話であろうが）に忙しい[15]状態であったのであるが、阿闍梨が薫の言葉をそう告げたのは、阿闍梨から見ても、薫が「公私に暇なく明け暮らし」ていると受け取られていたからであろう。

一方、薫の時間に深く関わってくる宇治の人々は、「さすがに広くおもしろき宮の、池、山などのけしきばかり昔に変らでいといたう荒れまさるを、つれづれとながめたまふ」（橋姫⑤一二〇頁）や「姫君たちは、いと心細くつれづれまさりてながめたまひけるころ」（橋姫⑤一三五頁）などのように、「つれづれ」の時間を過ごしていた。この「つれづれとながめ」「つれづれまさりてながめ」を、藤田加代が指摘する「煩悶・苦悩に乱れた心的情態を示す語」「想念の乱れの持続的表現」[16]の「つれづれ」の情態で「ながめ」ている意と解すると、八の宮や姫君たちは、何か満たされない思いを抱きしめるような空洞を抱え、物思いに沈んだ日々を過ごしていたことになる。また、京で「暇なき」時間を生きていた薫も、この世を味気なく思い[17]、出生にまつわる自己の存在の不安があり[18]、居場所のない思いにとらわれ、「つれづれとのみ過ぐし」（橋姫⑤一四三頁）ていた。この薫の居場所のない思いと宇治の人々の「つれづれ」はひそかに呼応している。特に薫と宇治の八の宮は、この世を厭い、出家への憧れと仏道志向の共通の思いがあったのである。

しかし、質的に照応しあった二つの世界は、また、不幸をも内包していた。「暇なき」薫の暇日の自己の存在の不安感は、宇治の人々の時間の日常の「つれづれ」と照応しあったが、日常が勤務で多忙な薫の時間軸と宇治の「つれづれ」の時間軸は、すべてがかみあっていたわけではない。二つの世界には時間認識の差があり、京と宇治という時間の位相の違いがあるのである。その個人の、相手のことに費やせる絶対的時間の長短が、不幸の起因となるのである。

このような情況は、大君が「なやましげにしたまふと聞きて」（総角⑤三〇六頁）宇治を訪問した時に、顕著に描かれる。薫は宇治で落ち着いて大君の看病をするかというとそうではなく、病気見舞いが済むと、「さすがに、つれづれとかくておはしがたければ、いとうしろめたけれど、帰りたまふ」（総角⑤三〇八頁）と語られるように、病気の大君を残して京へ帰ってしまう。宇治の薫は「つれづれ」であって、その状態のままでは長くいることができない、その世界になじめないのであった。その意識が、公務の待つ京へ帰らせたのであろう。薫にとって宇治は、京にいて忙しい時に初めて立ち顕れるのである。仕事に忙殺されると宇治へ行きたいと思い、宇治へ来るとしなければならないこともなく京へ帰ってしまう。薫は暇を求めているようで、それは忙しさの中での隙間を求めているのではなかったか。薫にとって、宇治は現実逃避に過ぎなかったともいえよう。宇治へ行くことは、京の官人であることを棄てようとせず、そこにいながらそこになじめない薫の逃避である。宇治への往還は、そうした煮え切らない薫の意識の上での行動となっていよう。

四　薫の暇の取り方とその立ち位置の変化

薫の宇治訪問は、通常は予告して行っていたと考えられる。(19)そういう礼儀正しい薫であったが、宇治行きの暇の取り方に変化が出てくる。次の場面は、薫が急に宇治を訪問するものである。

・秋の末つ方、（略）姫君たちは、いと心細くつれづれまさりてながめたまひけるころ、中将の君、久しく参らぬかなと思ひ出できこえたまひけるままに、有明の月のまだ夜深くさし出づるほどに出で立ちて、いと忍びて、御供に人などもなく、やつれておはしけり。

・その年、三条宮焼けて、入道の宮も六条院に移ろひたまひ、何くれとものの騒がしきに紛れて、宇治のわたりを久しう訪れきこえたまはず。（略）（橋姫⑤一三五頁）

その年、常よりも暑さを人わぶるに、川面涼しからむはやと思ひ出でて、にはかに参でたまへり。朝涼みのほどに出でたまひければ、あやにくにさしくる日影もまばゆくて、宮のおはせし西の廂に宿直人召し出でておはす。（略）なほあらじに、こなたに通ふ障子の端の方に、掛金したる所に、穴のすこしあきたるを見おきたまへりければ、外に立てたる屏風をひきやりて見たまふ。（椎本⑤二一五、二一六頁）

前者は、月下の、後者は夏の朝の垣間見であるが、二つの場面とも、「思ひ出できこえたまひけるままに」「思ひ出でてにはかに参でたまへり」というふうに、薫は思い出して急に休暇を取って予告しないで宇治を訪れている。しかもいずれの訪問も、「久しく参らぬかな」「久しう訪れきこえたまはず」と、「久しく」「久しう」と長い間、宇治へ行くことができなかったのである。前者の「久しく」は、新編全集頭注（二一五）に「公務多端である」[20]とあるように公務多忙のための、後者の「久しう」は、女三の宮と薫の住む邸の焼亡に伴う私的生活の多忙さ故の長く訪問できなかった時間のことである。長期間宇治へ行かなかったり、急に思い出しての宇治訪問のありようから、薫にとって宇治へ行くことは、必ずしも必然的なものではなかったということが分かる。「暇」がない時は宇治へ行きたいと思うことと急に宇治へ行くことは、同質のものであった。つまり、「思ひ出」しての急な宇治訪問が示すように、薫にとっての宇治はそれほど重いものではなかったのである。

この垣間見の後、これまで薫は道心から不定期的に宇治訪問を続けていたのだが、薫の休暇の取り方が変化し、月に二度程度の訪問へと変わる。[21] 定期的訪問という観点から見ると、薫は、八の宮の遺言通りに姫君たちの後見役という立場になっており、恋する貴公子の形をもなしている。

定期的とも見られる薫の休暇の取り方が、もう一度大きく変わる時がくる。それは、大君の病状が急に気になり、「わりなきことのしげさをうち棄てて参でたまふ」（総角⑤三一五頁）と、公務に忙殺されている日常をすべて棄て去って、薫が宇治へ行った時である。実は、「なやましげにしたまふと聞きて」大君の病気見舞いをした後、京へ帰った薫は、忙しく「をさをさ参りたまはず」（総角⑤三一五頁）の状態となっていた。実際、「公私もの騒がしきころ」（総角⑤三一五頁）で宇治への便りを五六日出せなかったのである。そうした中で、「いかならむとうちおどろかれたまひて」（総角⑤三一五頁）と、急に大君のことが気になり、宇治行きを決行する。

宇治に着いてみると、大君は重篤であったのである。驚いて薫は、京に欠勤届を出す。

> 所どころに御祈禱の使出だしたてさせたまひ、公にも私にも、御暇のよし申したまひて、祭、祓、よろづにいたらぬことなくしたまへど、物の罪めきたる御病にもあらざりければ、何の験も見えず。（総角⑤三二三頁）

「公にも私にも、御暇のよし申し」と、朝廷と母女三の宮に薫は休暇届を出している。この「公の暇」とは、薫は中納言で京官三位以上であるから、前掲の『假寧令』の規定によると、「京官ノ三位以上ハ。給ヘ二五日一ヲ」とあるので、自由にとれる「五日」の休暇をまず申請したのではないだろうか。そのまま薫は、大君の死に遭い、二ヶ月近くの間宇治に滞在することになるが、これは欠勤の特例中の特例である。この「暇」は、日数の多さから規定に鑑みると、「天皇に奏聞して」認められたことになる。[22]『小右記』に記されていたように、当時、休暇が認められるのが困難な実態があっただけに、薫の異例中の異例の長期に亘る欠勤届は、日頃の忠勤な勤務態度によってであろうが、許されている。この暇は、その長さからもこれまでと違った暇の取り方であった。この時初めて薫にとって宇治が特別の存在になったのである。それは大君の存在によるものであった。これまでの宇治行きは、「暇なし」と思う閉塞感の中で思い出して出かける逃避的なものであったが、この時は京の官人としての立場を停止してのものであった。この暇の取りようは、宇治を薫に近づけたことを示している。つまり、薫が宇治の存在を重く見るようになったのは、大君を看取った時であり、そこから、宇治の世界に生きる薫の新たな物語が紡ぎ出される可能性があったのではなかったか。この薫の暇の取り方の変化は、薫自身の変化を表し、物語の変化をも生み出したことになる。

しかし、その後、薫はどうなったのであろうか。長期休暇から京に帰って三年の歳月が経った薫に、また「暇なし」が地の文において顕われる。

すこし暇なきやうにもなりたまひにたれど、宮の御方には、なほたゆみなく心寄せ仕うまつりたまふこと同じやうなり。（浮舟⑥一〇七頁）

ここでの薫は、暇がない時は宇治を思うという意識も消え、官人として生活に浸りながら様々な女性たちにも通うようになっている。「すこし暇なきやうにもなりたまひにたれ」の理由を、『細流抄』では、「薫は官位もたかくなり給へは家中もひまなきやうになれ[23]」と、薫に「暇」がないのは、「官位もたかく」なったからと語られ、『源氏物語玉の小櫛』では、「或抄に、女二宮又浮舟にて也といへる、然るべし、すこしといへる、薫君のうへにかなへり、官位高くなり給へる故といふは、すこしといへるにあたらず[24]」と、薫の官位の昇進と「すこし暇なきやう」は関係がないとする。このように論じられているが、官位が上がったから忙しくなったのが「すこし」というのは的確ではないとの宣長の解釈が、妥当であろう。女二の宮や浮舟の女君に通うことによって少し忙しくなったのであろう。つまり、女二の宮や浮舟のことで忙しくなったが、中の君には「なほたゆみなく心寄せ」ることがやはり「同じやうなり」の状態だったのである。中の君への薫の思いは、他の女君に通うことで忙しくなっても変わらないと恋の次元で語られる。この「暇なし」は、官人として「暇なし」の状態で宇治を訪問したのとも違い、様々な女性たちと関わっていることから生じたものである。この場面においては、一人の女君を一途に恋するという薫ではなくなっている。

そういう薫であるから、すべてを棄てきれなくなっている。最初の場面は「暇なくなどしてほど経る時は恋しくおぼえたまふ」という現実から逃れる薫のあり方であったけれども、その意識は薫の恋という新たな物語を紡ぎ出していく可能性を示しつつ、その物語は閉ざされていく。つまり、大君のことですべてをうち棄てて宇治に滞在した薫には、新たな物語を紡ぎ出す可能性があったけれども、それは薫の一時の変化であり、そういうふうにならなかったことが、「すこし暇なきやうにもなりたまひにたれ」の表現、すなわち女二の宮や浮舟に通うことで忙しくなったと語られることから見えてくるのである。薫のこの時の「暇なし」は、複数の女君に通うことで少し多忙になつたという官人男君の日常を表している。「すこし」という表現から、その暇の取り方も日常的常識を越えないものであったのだろう。

結びに

京における薫は、「暇なし」の情況にあった。そうした情況の中で薫は、宇治への往還をし、忙しい時は、それに抗うように宇治を夢想するのであった。最初は薫の日常の多忙な時間の隙間を求める心が、京と宇治を往還させたのであるが、そこには「暇なき」薫の、自分の立ち位置を求めようとする姿が見える。

そのような宇治往還が続いたのであるが、大君の病状が急に気になり、公務に忙殺されている日常をすべて棄て去って、薫は宇治行きを決行する。そこで、大君の重篤、続いての死に遭い、「暇なし」ということを振り捨てた長期休暇を求める薫が語られる。宇治で生きる可能性が、その時は拓かれていたのであるが、薫はその道を閉ざし、宇治から帰ってくる。その後の薫は、京で男女の間柄に「すこし暇なし」と、充足している姿が語られる。このことは、薫が何かを求めようとして、抗おうとした日常に埋没していったことになったといえようか。

薫という人物については、従来その俗物性が指摘されている[25]。その後、俗の方に視点を置いて相手の女性が見えないという薫論が出され[26]、それを批判する立場の不義の子の視点から薫を捉える論も出されてきた[27]。近年では、薫像の聖俗二元論は、物語世界の論理において捉えようとする傾向になり[28]、晩年の源氏や柏木像の継承という視点からも捉えられ[29]、別の次元での薫のあり方も示されている[30]。

本章では、そうした研究史の上に立ちつつ、薫に表現される「暇なし」という視点から薫の人物像の変遷を探ってみた。その結果、「暇なし」という表現は、薫の人物造型に密接な関わりがあることが分かった。つまり、「暇なし」という表現の使われ方の変遷が、薫の物語を語ることになるのである。

註

（1）「橋姫」「公事」の項によれば、「「年中行事」が宮廷で盛んに行われれば、何かに付けて益々忙しくなるのが近衛府の職務であったろうと考えられる。薫の多忙さは想像出来そうである」とある。『源氏物語の鑑賞と基礎知識』至文堂、二〇〇一年一一月、八二頁。
（2）小学館『古語大辞典』によると、「暇」には、「①自由にできる時間的ゆとり。ひま」、「②出仕しないで自由にすること。休暇」などの意味がある。
（3）新編日本古典文学全集『源氏物語』澪標②二八四頁。
（4）山田英雄「律令官人の休日」『続律令国家と貴族社会』吉川弘文館、一九七八年。
（5）阿部猛「貴族の休暇」『平安貴族の実像』東京堂出版、一九九三年。
（6）日向一雅「平安貴族の一日」『源氏物語――その生活と文化――』中央公論美術出版、二〇〇四年。
（7）日本思想大系『律令』岩波書店、一九七六年、二九五頁。
（8）註（6）には、平安の男性貴族の勤人の勤務について、「通常は勤務は午前中」であり、「『律令』の規定によれば「宿直」が義務づけられていた」とある。通常の午前中の勤務の他に、午後は昼勤務の「直」と夜勤務の「宿」とがあり（セットになっている）、これは分番になっていたとの旨の勤務形態が述べられている（一〇九〜一一〇頁）。
（9）新訂増補国史大系『律令義解』による。吉川弘文館、一九三九年、二八七頁。
（10）註（9）に同じ、二八九頁。
（11）「九條殿遺誡」『群書類従』巻第二十七輯雑部第四百七十五、続群書類従完成会、一九三一年、一三八頁。
（12）東京大学史料編纂所『大日本古記録　小右記』（岩波書店、第一巻、一九五九年、第二巻、一九六一年）による。一部、漢字の字体を改めて表記した。
（13）『源氏物語』においても、実際は浮舟と逢っているのだが、私的欠席届にそうも書けず、薫が仮病の届けをする場面がある。以下、その箇所を示す。

殿は京に御文書きたまふ。

まだなりあはぬ仏の御飾りなど見たまへおきて、今日よろしき日なりければ、急ぎものしはべりて、乱り心地のなやましきに、物忌なりけるを思ひたまへ出でてなん、今日明日ここにてつつしみはべるべき。

など、母宮にも姫宮にも聞こえたまふ。（東屋⑥九七、九八頁）

(14) 註（9）の『假寧令』に、休暇の取り方が示されている。

(15) 浮舟が亡くなった知らせを受け取った時、「大将殿は、入道の宮のなやみたまひければ、石山に籠りたまひて、（略）御使、そのまたの日、まだつとめて参りたり」（蜻蛉⑥二一四頁）とあるように、母の世話にかかりっきりで、すぐには宇治へ行けなかった。この場面からも、母の世話に私的暇がなかったことが分かる。

(16) 藤田加代「「つれづれ」考」（『高知女子大国文』第五号、一九六九年八月）によると、「つれづれ」の勅撰集・私家集・物語中の和歌などの合計六十六首における用例の顕著な特徴の第二点目として「第二点は「つれづれと思ふ」「つれづれと眺む」「つれづれと心のわびしき」「つれづれと物思ふことの尽きせぬ」「つれづれとよりどころなき心ちして」等のように煩悶・苦悩に乱れた心的情態を示す語とともに用いられる用例数の豊富なことである」とあり、また、「「つれづれ」を「想念の乱れの持続的表現」ととりたい」とある。

(17) 「世の中を深くあぢきなきものに思ひすましたる心」（匂兵部卿⑤二九頁）や「我こそ、世の中をばいとすさまじく思ひ知」（橋姫⑤一二八頁）る心として語られる。

(18) 出生にまつわる自己の存在の不安は、匂兵部卿巻に語られる。

(19) たとえば、後のことではあるが、宇治の浮舟訪問は、まず、使いの者の伝言の「殿は、この司召のほど過ぎて、朔日ごろにはかならずおはしましなむと、昨日の御使も申しけり」（浮舟⑥一一〇頁）のように告げられ、この予告通り薫は宇治に来る。それは、「月もたちぬ」（浮舟⑥一四一頁）の「夕つ方」（浮舟⑥一四二頁）であり、「朔日ごろの夕月夜に」（浮舟⑥一四四頁）であったと、予告通りの薫の行動が語られる。それが、「まめやかなる人」（椎本⑤

二一五頁）、薫の通常の宇治訪問の姿である。

（20）新編日本古典文学全集『源氏物語』橋姫⑤一三六頁。

（21）二度目の垣間見の後の薫の訪問を次にあげる（一連の宇治行きの月数をそれぞれの箇所の最後に付した）。

・この秋はいとはしたなくもの悲しくて、（略）。みづからも参でたまひて、今はと脱ぎ棄てたまふほどの御とぶらひ浅からず聞こえたまふ。（総角⑤二二三頁）【八月】

・かの人は、つつみきこえたまひし藤の衣もあらためたまへらむ九月も静心なくて、またおはしたり。（総角⑤二四三頁）【八月】

・○二十八日の彼岸のはてにて、よき日なりければ、人知れず心づかひして、いみじく忍びて率てたてまつる。（総角⑤二六二頁）【八月】（○印は匂宮と二人での訪問、以下同じ）

・○九月十日のほどなれば、（略）時雨めきてかきくらし、空のむら雲おそろしげなる夕暮、宮いとど静心なくながめたまひて、いかにせむと御心ひとつを出でたちかねたまふ。をり推しはかりて参りたまへり。（総角⑤二八六頁）【九月】

・待ちきこえたまふ所は、絶え間遠き心地して、なほかくなめりと心細くながめたまふに中納言おはしたり。なやましげにしたまふと聞きて、御とぶらひなりけり。（総角⑤三〇六頁）【十月】

・この月となりては、（略）公私もの騒がしきころにて、五六日人も奉れたまはぬに、いかならむとうちおどかれたまひて、わりなきことのしげさをうち棄てて参でたまふ。（総角⑤三一五頁）【十一月】

なお、源氏が上京した明石の上を大堰の邸に訪れたのは、「月に二度ばかり」（松風②四二四頁）であった。当時の男性貴族の京から通えるが、京から離れた土地の愛する女君への通いとして、月二度が限度だったのだろう。宇治行きは「暇日」のことであったから、薫は月に二度は暇をとっていたことが分かる。

（22）註（9）の『假寧令』に休暇の規定があり、阿部猛がそれについて、註（5）の「その他の休暇」の項で、「休暇を申請する場合、五衛府の五位以上の官人が三日以内の休暇を求め、京官三位以上の者が五日以内、五位以上の者が一〇日以内の休暇を求め、また六位以下の官人が休暇を申請したときは、所属の官司が判して給する。それ以上の日数を求めたとき、また畿外に赴こうとするときは天皇に奏聞する」（六一頁）と指摘する。薫の長期休暇は帝の許しを得たものとなる。

(23) 内閣文庫本『細流抄』おうふう、一九八〇年、四一五頁。
(24)『本居宣長全集』第四巻、筑摩書房、一九六九年、五〇〇頁。
(25) 清水好子「源氏物語の俗物性について」『國語國文』第二五巻第七号、一九五六年七月（再録は『清水好子論文集第一巻 源氏物語の作風』武蔵野書院、二〇一四年八月）。清水好子「薫創造」『文学』第二五巻第二号、一九五七年二月（同上書再録）。秋山虔「薫大将の人間像」『源氏物語の世界』東京大学出版会、一九六四年。
(26) 吉岡曠「「薫論」補遺」『源氏物語論』笠間書院、一九七二年。
(27) 後藤祥子「不義の子の視点――「橋姫」～「総角」の薫」『源氏物語の史的空間』東京大学出版会、一九八六年。
(28) 鈴木日出男「薫大将」『源氏物語講座』第四巻、有精堂出版、一九七一年。森一郎「薫の道心と恋」『源氏物語作中人物論』、笠間書院、一九七九年。
(29) 註（28）鈴木日出男、森一郎の論、高橋亨「源氏物語の内なる物語史」『源氏物語の対位法』東京大学出版会、一九八二年。日向一雅「闇の中の薫――宿世の物語の構造――」『源氏物語の主題 「家」の遺志と宿世の物語の構造』桜楓社、一九八三年。藤井貞和「『思ひ依らぬ隅な』き薫」『源氏物語の始原と現在』砂子屋書房、一九九〇年。吉井美弥子「宿木巻の方法」『読む源氏物語 読まれる源氏物語』森話社、二〇〇八年。
(30) 篠原昭二「道心と恋――薫論（2）『講座源氏物語の世界』第八集、有斐閣、一九八三年。植田恭代「薫・八宮の交流をめぐって――「法の友」の基底――」『日本文学』第三五巻第一一号、一九八六年一一月。

4　補完し合う中の君物語の「今」――場面を繋ぐ機能として――

はじめに

中の君物語は、大君物語、匂宮物語、薫物語、浮舟物語と重なりつつ展開する。それぞれの物語と中の君の物語は、相互に補完し合っている。

次は、匂宮が新婚の六の君のもとから帰った時の中の君の様子である。

うち赤みたまへる顔のにほひなど、今朝しも常よりことにをかしげさまさりて見えたまふに、（略）なほこりずまにまたも頼まれぬべけれとて、いみじく念ずべかめれど、え忍びあへぬにや、今日は泣きたまひぬ。（略）海人の刈るめづらしき玉藻にかづき埋もれたるを、さなめりと人々見る。いつのほどに急ぎ書きたまひつらん、と見るも、安からずはありけんかし。宮も、あながちに隠すべきにはあらねど、さしぐみはなほいとほしきを、すこしの用意はあれかしとかたはらいたけれど、今はかひなければ、女房して御文とり入れさせたまふ。

（宿木⑤四〇七、四〇八、四一〇頁）

中の君の涙の跡を残した「今朝」の美しさが、「うち赤みたまへる顔のにほひ」と表現される。その「今朝」とは、夫の不在の夜を泣き明かした「今朝」のことであった。その日の中の君の「今日は」が、匂宮の慰めによって

「泣きたまひぬ」と、とりたてていう助詞「は」で区切り取られて、語られる。

この二条院の中の君の場面と六条院の六の君の場面が、六の君のもとから二条院に帰参してきた使者によって繋がっていく。使者は、「海人の刈るめづらしき玉藻にかづき埋もれたる」、すなわち後朝の文使いとして六の君から遇されたかづけものに埋もれている。その使者を目の前にして、「今はかひなけれ」と、六の君とのことには触れないようにしてきた匂宮の気遣いが「今は」無駄になり、二つの空間が繋がるのである。

この時点から、繋げられた異質の空間は、同時並行し、物語の現在に据えられることになる。中の君と六の君の二つの物語が、「今」によって補完し合う関係になっていったとでもいえようか。

源氏物語の「今」およびその関連語は、九〇六例見受けられる。[1]特に「今」およびその関連語が多く使われる巻を挙げておく。用例数が三〇例以上の巻は、若菜上巻六九例、若菜下巻六〇例、夕霧巻四三例、総角巻四七例、宿木巻四一例、浮舟巻三二例、蜻蛉巻四五例、手習巻三五例である。[2]

先に浮舟の「今日」について考えたけれども、[3]中の君の場合は、「今」が多く語られる。本章では、「今」という表現が、中の君物語とどう関わっているのかについて考察したい。

一　大君と関わる「今」

中の君物語は、最初は大君物語を補完するものとして語られている。ここでまず、大君物語と「今」の関係を見てみよう。大君の物語は、父八の宮の一周忌が近づき、父の喪服を「今はと脱ぎ棄てたまふほど」（総角⑤二二三頁）から始まる。弁の尼は、「今は、かう、また頼みなき御身ども」（総角⑤二二九頁）と、姉妹二人の「今」の位相を語

る。(4)

父八の宮の死後の「今」への自覚は、中の君ではなく大君の思惟に表現される。大君の「今」は、中の君を薫にと画策する「今」なのである。

今はまた見譲る人もなくて、親心にかしづきたてて見きこえたまふ。かの人は、つつみきこえたまひし藤の衣もあらためたまへらむ九月も静心なくて、またおはしたり。「例のやうに聞こえむ」と、また御消息あるに、心あやまりして、わづらはしくおぼゆれば、とかく聞こえすまひて対面したまはず。「思ひのほかに心憂き御心かな。人もいかに思ひはべらむ」と、御文にて聞こえたまへり。「今はとて脱ぎ棄てはべりしほどの心まどひに、なかなか沈みはべりてなむ、え聞こえぬ」とあり。

（総角⑤二四三頁）

物語には、「今はと脱ぎ棄てたまふほど」「今はとて脱ぎ棄てはべりしほど」と、父八の宮の喪服を脱ぐことによって展開する「今」が、二回繰り返して表現される。繰り返される「今」は、父八の宮の喪が明けた宇治の姫君たちが、物語の「今」現在に存在していることを表す。その惑いの中にいる「今」を、大君自身が薫に伝えるのであった。「今」が取りたてていう助詞の「は」とともに用いられて、父八の宮の喪が明けたという境遇が「今」であることを際立たせる。なお、姉妹二人をひとまとめとして語る場合は別として、大君自身が生きている時には、中の君独自のものとして「今」は使われない。

次は、臨終を迎えようとする大君の言葉に、薫が応える場面である。

「かくいみじうもの思ふべき身にやありけん、いかにもいかにも、ことざまにこの世を思ひかかづらふ方のはべらざりつれば、御おもむけにしたがひきこえずなりにし。今なむ、悔しく心苦しうもおぼゆる。されども、うしろめたくな思ひきこえたまひそ」などこしらへて、　（総角⑤三二七、三二八頁）

大君の「中の君を薫に」との思いは、死の間際になって初めて薫に届くのである。大君の望み通り中の君と結婚していれば、大君はこんなに悩まずに生きながらえたであろうと、「今なむ、悔しく心苦しうもおぼゆる」と、その意向に添えなかったことを大君の最期に及んで後悔する「今」である。ここで発せられた薫の言葉の「今なむ」は、強めを表す「なむ」とともに用いられて、「今」を強調し、大君が亡くなる「今」現在の薫の切実な心を表現するよう機能している。

さて、「今」という時は、過去でも未来でもない現在の一点を表す。そしてその表現は、物語に臨場感を与える機能を持つ(5)。物語は「今」という時間を取り入れることにより、物語の事象を今現在行われていることとして展開させる。大君物語に「今」が使われるのは、父八の宮や大君自身の死に関わる時においてであり、物語展開にその死が痛切に関わることを示すためである。さらに、二人の死が中の君物語を縁取るものとして不可欠であったことを、「今」という表現を用いることによって切実に語ろうとしている。

二　中の君の「今」

以上のような大君と関わる「今」に比して、中の君には大君よりも多くの「今」およびその関連語が認められる。

初めて中の君独自の「今」が語られるのは、大君の臨終の場においてである。大君の死の穢れに触れさせないように、女房が中の君を引き離す「今は」が語られる。

> 限りと見たてまつりたまひて、中の宮の、後れじと思ひまどひたまへるさまもことわりなり。あるにもあらず見えたまふを、例の、さかしき女ばら、今はいとゆゆしきことと引きさけたてまつる。　（総角⑤三二八頁）

「頼みなき御身ども」と一体化して語られていた二人の姉妹は、大君の死によって距離が置かれることになる。大君の死を境に、中の君の「今」に焦点が当てられ、中の君は物語の現在を生きることになる。まず、大君の死後の「今」が、「この殿のかくならひたてまつりて、今はとよそに思ひきこえむこそ、あたらしく口惜しけれ」（総角⑤三三二頁）と、薫が帰京する不如意を語る女房たちの嘆きの「今」として語られる。その「今」を受けて、宇治を去る薫の中の君への言葉「昔の御形見に、今は何ごとも聞こえ、うけたまはらむとなん思ひたまふる。うとうとしく思し隔つな」（総角⑤三三二頁）には、自分が後見となったという立場の「今」が示される。このように、大君の死後には身代わりとして中の君が、人々から「今」を生きることを要請されるのである。

中の君独自の物語は、大君が亡くなった次の年から始まる。阿闍梨の新年の挨拶の手紙の中に、「年あらたまりては、何ごとかおはしますらむ。御祈禱はたゆみなく仕うまつりはべり。今は、一ところの御事をなむ、やすからず念じきこえさする」（早蕨⑤三四六頁）と、中の君の「今は」が切り取られる。「やすからず念じきこえさする」と中の君のことを仏へ祈念するという阿闍梨の挨拶には、中の君の不安定なこれからの人生が予告されていることにもなる。先に椎本巻において八の宮が亡くなった次の新年の挨拶として、阿闍梨から「沢の芹、蕨など」（椎本⑤二一三頁）の贈り物が届けられる場面があるが、その時には「今」は使われていない。ここで「今」が使われるのは、大君という宇治の中心を亡くした中の君の存在への気掛かりが、阿闍梨に強くあったからであろう。挨拶に表現された「今は」には、これまでとは異なる中の君の「今」現在が示されている。

中の君物語は、この阿闍梨の新年の「今」という時から始まり、その節目ごとに「今」という表現が嵌めこまれて展開する。「今」という表現によって、中の君は、物語の「今」現在を生きる女君として造型されてくる。「新しき年とも言はずいやめになむなりたまへると聞きたまひても」（早蕨⑤三四七頁）と、薫が新年になっても大君を思い虚けた情態であるのを聞いて、「げに、うちつけの心浅さにはものしたまはざりけりと、いとど、今ぞ、あはれも深く思ひ知らるる」（早蕨⑤三四七頁）と、大君が亡くなった「今」になって初めて薫の思いが、今まで無自覚だった中の君に深く分かるようになったと語られる。[6] 中の君は、過去を引きずる薫に大君の死後の「今」、向き合わなければならないのである。

薫を理解し始めた中の君へのわき起こる薫の思慕が、「今はかひなきものゆゑ、常にかうのみ思はば、あるまじき心もこそ出でくれ」（早蕨⑤三五一頁）と描かれる。それは、中の君への薫の「あるまじき心」が、「今はかひなきもの」と自覚されながらも、明らかにされた表現である。このように、男と女の物語として新しく展開されるであろう中の君物語の始まりに、「今」が嵌めこまれている。

さて、宇治から京への引越という時点にも「今はとてこの伏見を荒らしはてむも、いみじく心細けれ」（早蕨⑤三五一、三五二頁）と、「今」という表現が用いられ、京における中の君物語が始まるのである。引っ越した心細い中の君を、薫がサポートしていくのであるが、引っ越した二条院を訪問する薫とそれに対する中の君は、次のように語られる。

人々も、「世の常に、うとうとしくなもてなしきこえさせたまひそ。限りなき御心のほどをば、今しもこそ、見たてまつり知らせたまふさまをも、見えたてまつらせたまふべけれ」など聞こゆれど、人づてならず、ふとさし出できこえむことのなほつつましきを、（略）わが御心にも、あはれ深く思ひ知られにし人の御心を、今しもおろかなるべきならねば、かの人も思ひのたまふめるやうに、いにしへの御代りとなずらへきこえて、かう思ひ知りけり、と見えたてまつるふしもあらばや、とは思せど、さすがに、とかくやと、かたがたにやすからず聞こえなしたまへば、苦しう思されけり。

（早蕨⑤三六八、三六九、三七〇頁）

二条院へ引っ越した中の君にとって、女房たちは一安心しているようである。女房たちは、匂宮の妻として二条院へ移ることができた中の君に、結婚の手引きをしてくれた薫への感謝の気持ちを、「今しもこそ」示すよう促す。「今」がその時であると、「しもこそ」とともに用いられて強調される。それに照応して、中の君の心内が、「今しも」と薫に感謝しなければならないという気持ちの「今」で、かたどられる。

その「今」は、「いにしへの御代りとなずらへきこえて、かう思ひ知りけり」とあるように、薫の望み通り、亡き大君の代わりとして感謝していることを思い知った、(7) そしてそのことを薫に知らせたい中の君の「今」であった。この場面でも中の君は大君との過去に向き合い、その「いにしへの御代り」としての「今」を生きている。不安定な宇治での「生」から、一見「幸ひ人」(8) と見られる立場に移った転機に、過去と対比される「今しもこそ」「今しも」という表現が置かれている。

この機会を逃さず薫への感謝を表現しなければならないとは、裏を返せば京で薫の庇護を頼まねばならないことをも示していよう。薫との良好な関係を築いていくことが「今」であると強調される。それは、京で生きていく上で中の君には必須のことであったのだ。「今」の一瞬が過ぎれば、その関係が危うくなるかもしれない。「今」という時をどう生きるかが、次の物語展開と関わってくるということであろうか。つまり、「今」という瞬間が、物語を次の段階に導く可能性をも含んでいるといえよう。

さて、京での薫と中の君の二人の関係が新たな局面を見せる時にも、「今」という表現が使われる。中の君が二条院で「なや」んでいることを聞いて、「とぶらひきこえむ」（宿木⑤三九〇頁）と、薫は中の君を訪問するのである。

朝顔を引き寄せたまへる、露いたくこぼる。
「今朝のまの色にやめでんおく露の消えぬにかかる花と見る見る
はかな」と独りごちて、折りて持たまへり。女郎花をば見過ぎてぞ出でたまひぬる。
（宿木⑤三九一頁）

薫がその時選んだのは、朝顔であった。瞬間に消えゆく露とすぐにしぼんでいく朝顔に、滅びやすい人の無常を喩えたのであろうか。ここで語られる朝顔の咲く「今朝」が、物語の時間であったのだ。この贈り物は、六の君との婚約を聞いて動揺している中の君の心を揺さぶる。そして、「今はみづから聞こえたまふことも、やうやう、うたてつつましかりし方すこしづつ薄らぎて面馴れたまひにたり」（宿木⑤三九三頁）とあるように、その警戒を解いている「今は」には、物語を次の段階へ導く気配が感じられる。

一方、匂宮と六の君の婚約を聞いた中の君の現在にも、「今」が語られる。中の君は、宇治へ連れて行ってほしいと、京でのいたたまれない生活からの脱出を考える。そして、気を許して親しい関係になっている薫に、宇治行きを懇請する。

「世のうきよりはなど、人は言ひしをも、さやうに思ひくらぶる心もことになくて年ごろは過ぐしはべりしを、今なん、なほいかで静かなるさまにても過ぐさまほしく思うたまふるを、さすがに心にもかなはざめれば、弁の尼こそうらやましくはべれ。この二十日あまりのほどは、かの近き寺の鐘の声も聞きわたさまほしくおぼえはべるを、忍びて渡させたまひてんやと聞こえさせばやとなん思ひはべりつる」とのたまへば、

（宿木⑤三九七、三九八頁）

「今なん、なほいかで静かなるさまにても過ぐさまほしく」と、中の君は「今」の心境を薫に訴える。言葉として発せられた中の君の「今なん」は、その苦しみの緊迫感を増幅して表すことになる。この「今」は、匂宮と六の君の婚約を知った「今」であり、中の君には、どうすることもできない京における「今」なのである。その「今」は、助詞「なん」で強調され、「なほ」という表現を用い、考えてみるとやはり昔の宇治へ帰りたいという中の君の納得した思いを、薫に懇請するものである。「今なん、なほ」には、京での生活に行き詰まった「今」は、やはり過去に戻りたいという中の君の過去への回帰願望が示されている。

これは、過去へ回帰したいという人間心理の基本的な論理であろう。中の君物語は宇治から京へと展開していったのであるが、その行き詰まりの中で、中の君から発せられた「今なん、なほ」が、時間を過去に戻そうとする論理構造をとらせたことになる。

以上、中の君物語に見られる「今」という表現は、現在の時点を際立たせたり、物語に現実感を持たせたり、それぞれの物語の始発を示したり、過去に向き合わせる「今」を表現したり、物語を次の段階に導く可能性を持たせたり、「なほ」とともに用いられて時間を過去へ戻そうとする機能を持つ。

三　『源氏物語』の過去と「今」

『源氏物語』の「今」およびその関連語は、先に述べたように第二部になって若菜上巻六九例、若菜下巻六〇例と、急激に多く見られるようになる。「今」と対比される「昔」と「いにしへ」も、若菜上巻「昔」三七例、「いにしへ」一五例、若菜下巻「昔」二二例、「いにしへ」五例と他の巻に比べて多い。(9) この現象には、何か意味があるのであろうか。

それを考えるにあたって清水好子の次の指摘は、示唆に富むものがある。(10)

若菜二巻ではそれをもう一度繰り返そうとする。〝繰り返される過去〟という観点から、新しく始まる物語の発端の巻を見ると、若菜上下巻には、第一部にあらわれた主たる事件がことごとく姿をあらわすことに気がつく。（略）また第一部において、主人公光源氏の身の上にかかわりを持った人々はすべて再登場するか、回想され、人も事件もその意味を再考されている。いわば、若菜の巻の時点で光源氏の過去は逆に照らし出され、その一生の意味が問い直されているのである。（略）この両巻の方法、過去に深く浸透された今を書くという方法を知るならば、部分的断片的な読み方は有効ではないのである。

この指摘のように、過去をからめとりながら若菜二巻は展開される。それが、若菜上下巻に、過去に対比する「今」およびその関連語が数量的に多いということに繋がるのではなかろうか。

「今」が数量的に多いだけでなく、若菜二巻においては、過去の存在の意味が問い直される。その時、「いにしへ」や「昔」という過去に、今現在を示す「今」が対置されるのである。若菜二巻の「今」は、清水好子の指摘「過去に深く浸透された今」として表現される。過去と対比され、その意味が問い返され、そういう行為を通しての「今」であるから、「過去に深く浸透され」ての新しい「今」として展開されているのである。しかもその「今」は、「過ぎ去ったものを通してしか見えぬ世界を見る力を」光源氏に与え、源氏を未来を予見することができる人物として、現在の視点から捉え返している。(11)

若菜二巻で多く語られていた「今」およびその関連語が、第三部、特に宇治十帖に多く見られ、宿木巻では四一例認められる。吉井美弥子は、「宿木巻と過去――そして続編が生まれる」で、「宿木巻は、「宇治十帖」前半部の大君物語から後半部の浮舟物語へと展開していく分岐点に位置しており、宇治の物語前半部にとって「続編」ともいえる後半部始動の巻として捉えられる性質を有している」とし、「「過去」の出来事等が、「語り加えられていく」」と、「増殖する「過去」」を指摘する。(12)そういう意味合いからも、過去に対比しての「今」の多用が頷けよう。なお、宿木巻には「昔」が三〇例、「いにしへ」が九例ある。(13)

つまり、『源氏物語』においては、特に若菜上下巻、宿木巻には、過去と対比される「今」が描かれる。これらの巻は、前の巻までに語られていたことが、新しく捉え直される巻である。若菜上下巻は第一部で語られた物語が、宿木巻では八の宮の二人の姫君たちの物語が、捉え返されている。清水好子の指摘と同様に考えると、宿木巻でも大君物語を中の君の「今」が捉え返している。若菜二巻や宿木巻で、前の巻までのことが新しく捉え直された時、登場人物たちは過去に向き合わなければならない。そういう場面において、過去に対しての「今」が多く描かれたのであろう。

物語の方法として、若菜上下巻で起きていたことが、宇治十帖の宿木巻にも形を少し変えながら継承されているのである。宇治十帖はこれまで宇治を中心に語られてきたのであるが、宿木巻ではそれを京の文脈の中で据え直そうとしているのだ。それは、匂宮と薫の京と宇治、さらに京においても、匂宮の立て前と本音や薫の六条院と三条宮における役割分割して生きる描かれようからも分かる。匂宮と薫は、京に適応しながらそこからはずれている向こう側の「今」をも生きようとしている。

この場面ごとの役割空間の中で分断されながら生きる様相を、六の君と匂宮の結婚の「今」「今宵」に焦点を当てて考えていきたい。

四　六の君と匂宮の結婚の「今」「今宵」

分断されている現状が明らかにされるのと同時に、向こう側の「今」とこちら側の「今」が照らし合わされながら描かれるのが、六の君と匂宮の結婚に関わる描写である。それは、二条院と六条院の両方から描かれるのであるが、六条院で起こっていることとその外側で起こっていることが、「今宵」、「今」などの表現とともに語られる特徴がある。その結婚に関わる時の表現が「今宵」、「今」であり、とりもなおさずその時が語られている場を示すことになる。

宇治十帖の物語の方法を、三谷邦明は、「宇治十帖は、中心を喪失した物語である[14]」と指摘する。匂宮は二条院と六条院を行き来し、薫は、三条宮と六条院等を行き来している。宇治十帖には中心がないので、同時進行する二つの場面がどちらかに中心を置くというのではなく展開される。六の君と匂宮の結婚の場合は、「今」「今宵」によって二条院と六条院が繋がっていく。二つの場面の切り換えがなされる時、「今」や「今宵」という時間でその場面が特定されるのである。

なお、安藤徹は、「空間を繋ぐという発想は〝空間が隔たっている〟という認識がなければ成り立たない」「異質な空間、そのままでは繋げられないような二つ（以上）の空間があるから「繋ぐこと」が問題となる」と、指摘する(15)。六の君と匂宮の結婚については、二つの異質な空間が繋がっていくに過ぎないのである。二つの空間は、どちらが本質なのか分からない描かれ方である。

その実際を見てみよう。

新婚第一日目は、六の君のもとへなかなか匂宮が行かないことが「十六日の月やうやうさし上がるまで心もとなければ」（宿木⑤四〇一頁）と、月の運行とともに語られ、その状況を踏まえて右大殿夕霧のもとから「今宵過ぎんも人笑へなるべければ、御子の頭中将して聞こえたまへり。大空の月だにやどるわが宿に待つ宵すぎて見えぬ君かな」（宿木⑤四〇一頁）と、匂宮を誘う歌が贈られてくる。その時、匂宮は内裏にいて「なかなか今なんとも見えじ」（宿木⑤四〇一頁）と、六の君との結婚の「今」を、中の君に知らせまいとしている。本来ならそのまま六条院へ婿入りしなければならないのだが、中の君の返書にその動揺ぶりを知ると、二条院へ帰ってきて、中の君と「もろともに月をながめ」（宿木⑤四〇二頁）てしまうのである。とはいっても、迎えの人々が来るとさすがに悪いと思い、中の君へ心は残しながら、六の君のもとへ行こうとして「いま、いとどく参り来ん。ひとり月な見たまひそ」（宿木⑤四〇二頁）と、すぐの帰邸を約束し、中の君に独りで月を見ることを禁止して、そのまま六条院へ行くのである。

今宵かく見棄てて出でたまふつらさ、来し方行く先みなかき乱り、心細くいみじきが、（略）さらに姨捨山の月澄みのぼりて、夜更くるままによろづ思ひ乱れたまふ。松風の吹き来る昔も、荒ましかりし山おろしに思ひくらぶれば、いとのどかになつかしくめやすき御住まひなれど、今宵はさもおぼえず、椎の葉の音には劣りて思ほゆ。（略）老人どもなど、「今は入らせたまひね。月見るは忌みはべるものを。あさましく、はかなき御くだものをだに御覧じ入れねば、いかにならせたまはん。（略）」など言ひあへるも、さまざまに聞きにくく、今は、いかにもいかにもかけて言はざらなむ、（宿木⑤四〇三、四〇四、四〇五頁）

匂宮が六の君のもとへ渡御した後、見ることを禁じられた月を、中の君は見つめ続ける。「姨捨山の月澄みのぼりて、夜更くるままによろづ思ひ乱れたまふ」と、見る中の君の「今宵」が語られる。夫の夜離れを思い悩み、月を眺める中の君に、「老人ども」は、「今は入らせたまひね」と言う。それに続く女房たちの囁きに対して、「さまざまに聞きにくく、今は、いかにもいかにもかけて言はざらなむ」と、中の君は何も言わず、ただ自分の悩みを抱え込もうとする。ここで使われる「今は」の「は」は、取り立ててその時を明示する。夫が六の君のもとへ行ってしまった後の月に照らされて、「今は」その悩みを口にしないと思う中の君の「今」を強調した表現である。この場面では、結婚の初夜を表す「今宵」が二度使われる。それは、その時が重要な時であることはもとより、物語の転機を表す「今宵」であることを強調するために使われているのであろう。

ついで物語は、新婚二日目と三日目の宵のことも丁寧に取り上げる。

A今宵は、まだ更けぬに出でたまふなり。御前駆の声の遠くなるままに、海人も釣すばかりになるも、我ながら憎き心かなと、思ふ思ふ聞き臥したまへり。（略）など、まどろまれぬままに思ひ明かしたまふ。

Ｂ宵すこし過ぐるほどにおはしましたり。寝殿の南の廂、東によりて御座まゐれり。（宿木⑤四一四頁）

Ａは、新婚二日目の二条院を出て行く匂宮の描写、Ｂは、三日目の六条院へ通って来た匂宮の描写である。Ａで「今宵は」と取り立てて表現されるのは、新婚二日目には匂宮の六条院への渡御が夜がまだ更けていない「今宵」であったことを示す。この表現には、新婚二日目の匂宮の六の君への満足感と期待感が見え隠れする。出立を急ぐ匂宮の姿は、残された中の君の懊悩する心の描写と対比されて、中の君の危惧を浮き彫りにすることになる。二日目につぐ新婚三日目は、三日夜を迎える婿として匂宮の余裕を持った時間と結婚披露宴に向かう心の用意が、「宵すこし過ぐるほどに」と、的確に示されている。

以上述べてきた新婚の三日間の描かれ方をまとめると、最初の日は、六の君側から、「今宵過ぎんも人笑へなるべけれ」「待つ宵」と表現され、中の君側からは、「今宵かく見棄てて出でたまふ」と語られ、第二日目は、「今宵は、まだ更けぬ」時に渡御する匂宮と夫を送り出した中の君の「今宵」が対照され、第三日目は、「宵すこし過ぐるほどにおはしましたり」と六条院へ匂宮が渡る時間が描かれる。新婚三日間が、それぞれ対比されて時の運行とともに時間差をつけて丁寧に描かれているのである。満月に近い月がそれぞれの場面を照らしているが、第一日目の行くことを躊躇する匂宮を、「いざよう」（ためらう）名を持つ「十六日の月」とともに語り、匂宮の出かけた後、取り残された中の君が見る月を、「姨捨山の月」と表現する。同じ月ではあるが月の呼び名を替え、その月を二条院で、匂宮と中の君が「もろともに」見る場面と、中の君の「ひとり」で見る場面が、対照される。

つまり、六の君との新婚三日間は、月の運行に示唆されて、物語の「今」として、二条院と六条院の二つの空間の同時進行を絶えず思い起こさせる。それぞれの場における思いを切り換えるような働きを、「今」「今宵」の表現によって表しているのである。

　このような六の君の結婚三日間の「今」を、同じように正妻を迎えた新婚三日間を描く有名な女三の宮が降嫁した折と比べてみよう。秋山虔は「「若菜巻」の始発をめぐって」で、女三の宮降嫁の三日夜の描写について、若菜上巻の「三日が程、かの院（朱雀院）よりも、………いとあまり物の栄なき御様かな、と見奉り給ふ」（秋山虔はこの箇所を（a）と呼ぶ）と「三日が程は（光源氏ガ女三宮ノ許ニ）夜離れなく渡りたまふを、……見出し給ふもいとただにはあらずかし」[16]（秋山はこれを（b）とする）を引用し、次のように述べる[17]。

> 右の記事（これをかりに（b）とする）と、前の「三日が程、かの院よりも…」以下の記事（これをかりに（a）とよぶ）は相接しているのであるけれども、この（a）から（b）への推移は〝and then〟という時間的推移の関係でつながっているのではない。「三日が程、…」「三日が程は、…」という書き出しからも気づかれるように、これは同時的な体験の両様の把捉であるにほかならない。（a）の叙述によってとらえ余された真実を、（b）によってとらえ直すという構造を見ることができるが、その（b）の叙述による形象はほかならぬ（a）の叙述によって形象されたものを媒介としてよびおこされているという関係が見い出される。

　確かに二度繰り返される女三の宮の「三日が程」は、三日間が秋山虔の指摘するように「時間的推移の関係でつながっているのではない」。二度繰り返される「三日が程」は、同じ三日間が、光源氏の側からも深く捉え返されているが、紫の上に寄り添ってより深い所で語られている。

若菜上巻と宿木巻の二つの新婚三日間を比べると、女三の宮降嫁の三日間と六の君の結婚の三日間とは、表現方法が異なる。若菜上巻は、三日間が「三日が程」とまとめて語られるが、宿木巻では一日一日の違いがはっきりと描かれる。六の君の結婚の場合では、六条院で起こっていることとその外側で起こっていることが、「今」や「今宵」の場面の切り換えによって明示される。その三日間の描写には、中心になるべきものがない。これは、物語としての存在の根拠が二重化されていることを示す。物語の現時点が「今」や「今宵」という時で表現され、それが時の推移表現の中に組み込まれている。

六の君と匂宮との結婚の三日間は、登場人物の時間が的確な時の推移表現によって表されて、中心を持たない宇治十帖の二つの空間を、それぞれの側から表現する方法をとっているのである。この方法は、第二部の女三の宮降嫁の三日間が求心的に紫の上や光源氏の心の奥深くに沈潜していく語りの方法ではなく、それぞれがバラバラでありながら「今」や「今宵」などによって華やかな結婚の儀と中の君の絶望を向こう側とこちら側から描く宇治十帖の物語の方法となっていよう。

結びに

中の君の時間は、これまで大君の延長として語られていたが、大君の死により独自に生きる時間となる。中の君は、京に引っ越して二条院に住むことになるが、夫の匂宮と薫の思いのどちらにも統合できないから悩ましく思ったり、揺れ動いたりする不安定さの中にいる。しかも、懐妊という身体の不安定さを抱えることになり、子供というある種の異物——それは出産に伴う死のイメージを内包するものであるが——にも苦しむことになる。

薫と対面している時は大君の面影が重ねられているのだから、大君の延長として引き続く時間を生きていることになるが、一方、妊娠しているという新しい時間感覚をも中の君は生き始める。そういう時間に、夫匂宮の六の君との結婚の「今」が重ねられる。その結婚を中の君が嘆いている二条院と匂宮の通う六条院の相互の場面が、「今」という表現によって、補完し合うように繋げられていく。

つまり、中の君物語は、「今」という表現が場面の切り換えに使われながら、二つの場面が同時に関わって展開する。中の君は、匂宮と薫との間で揺れ続け、しかも生まれてくるであろう子供による身の不調にも苦しみ続ける。身二つになるまでは、出産による死のイメージを伴う悩ましげな「今」を、中の君は生きることになる。中の君の「今」という表現は、揺れ動き苦しむ女君の「今」現在を語っていよう。

註

（1）「今」及びその関連語（「今朝」「今宵」「今年」「今の世」「ただ今」「今の間」「今の程」「今の御よ」「ただ今のよ」）は、『源氏物語』に九〇六例（『源氏物語大成（索引編）』（中央公論社）による）見受けられる。なお、「今日」については、別途、本書、第Ⅰ章第5節「せめぎ合う浮舟の「今日」」で考察するので、この用例には入れていない。巻ごとの「今」関連の用例数（数字で示した）を、表1として註のあとに挙げた。

（2）表1（九四頁参照）によると、第三部に「今」が多く見られるが、総角巻の四七例は主に八の宮や大君の亡き後の「今」が中の君物語の「今」に組み込まれて多く使われており、蜻蛉巻の四五例は浮舟失踪後の「今」が浮舟やそれを取り巻く人々に捉え返されるものとして使われる。なお、夕霧巻の四三例は、落葉の宮と雲居雁の「今」として多く描かれる。

（3）堀江マサ子「せめぎ合う浮舟の「今日」――「宇治十帖」時間表現の一手法――」『中古文学』第九三号、二〇一四年五月。なお、本書第1章第5節に、同題で収録した。

(4) 三田村雅子は、「姉妹の分離・背反」について、「女房たちの発言にも「御心地ども」「御身ども」「心地ども」「身のありさまども」「御ありさまども」「御心ども」「御癖ども」など「ども」で一括りにした表現が多出する」と、指摘する。「大君物語――姉妹の物語として――」『源氏物語研究集成』第二巻、風間書房、一九九九年。

(5) 「今」という語の機能については、次の研究がある。『和泉式部日記』『和泉式部続集』「日次詠歌群」に記された「いまのま」「ただいまのほど」「いま」「今日」について、近藤一一(「和泉式部日記の時間の構造」『国語国文学報』第一九号、一九六五年一一月)、平田喜信(「和泉式部日記と続集日次詠歌群」『平安中期和歌考論』新典社、一九九三年)、小野美智子(「和泉式部続集日次歌群の形態面の特質」『中古文学』第六〇号、一九九七年一一月)、三田村雅子(「もう一つの「和泉式部日記」――詞書から読む日次歌群――」『玉藻』第四二号、二〇〇七年三月)、『源氏物語』については、鈴木宏子(「幻巻の時間と和歌――想起される過去・日々を刻む歌――」『王朝和歌の想像力――古今集と源氏物語――』笠間書院、二〇一二年)の論考である。

(6) 註(4)の「「思ひ知る」中の君」において、「薫の愛を「思ひ知る」場面はすべて、大君が生きていれば感じ取ったはずのことを、大君に代わって了解している気配がある」と指摘する。

(7) 註(6)参照。

(8) 原岡文子は、「中の君をめぐって、語り手は次のような外側の論理の必然を証し立てる。今を時めく東宮候補の貴公子匂宮が、一人の妻を守るなどということのあり得ようはずもない。宇治八の宮の姫君が、その匂宮に見染められ、さらに中宮の「御心につきて思す人あらば、ここに参らせて、例ざまにのどやかにもてなしたまへ」(総角㈤二九三頁)と勧めた召人処遇を遙かに越えて、二条院に「ものものしくかしずき据ゑ」られ身籠もってさえいる」と、「幸ひ人」とは、「社会的な秩序の側の論理」からのものであることを指摘する。「幸い人中の君」『源氏物語の人物と表現――その両義的展開』翰林書房、二〇〇三年、四七六頁。

(9) 巻ごとの「昔」と「いにしへ」の用例数(数字で示した)を、表2として註のあとに挙げた。

表1（九四頁参照）の巻ごとの「今」関連の用例数と比べると、総じて「今」と「昔」「いにしへ」の数は相関している。
(10) 清水好子「若菜上・下巻の主題と方法」『源氏物語の文体と方法』一九八〇年、東京大学出版会、一六七、一九二頁（清水好子論文集 第一巻 源氏物語の作風』武蔵野書院、二〇一四年、二九四、三一九頁、再録）。
(11) 註（10）には、「過ぎ去ったものを通してしか見えぬ世界を見る力を与えられるもの、予感を与えられたもの、それがこの物語主人公に必要な最後の資格である」との指摘がある。一九九頁（再録は註（10）に同じく、三二六頁）。
(12) 吉井美弥子『読む源氏物語　読まれる源氏物語』二〇〇八年、森話社、二二九、二三九頁。「増殖する「過去」」という語は、二三五頁の標題に使われている。
(13) 表2（九四頁参照）を見ると、若菜上下巻と宿木巻の他に、「昔」が多く見られる巻として手習巻があげられる。そこに使われる「昔」は、浮舟蘇生後の時点で、浮舟の懸想人中将の来訪に妹尼が昔を思い出す場面や浮舟自身が過去を回想する場合に使われている。
(14) 三谷邦明「源氏物語第三部の方法――中心の喪失あるいは不在の物語――」『物語文学の方法Ⅱ』参照、一九八九年、有精堂出版。
(15) 安藤徹「境界のメディア」『源氏物語と物語社会』森話社、二〇〇六年、二四七、二四八頁。
(16) 『新編日本古典文学全集』によると、「若菜上④六二頁一一行～六三頁一〇行」と「若菜上④六三頁一一行～六五頁一一行」にあたる。
(17) 『源氏物語の世界』東京大学出版会、一九六四年、一七五、一七六頁。

表1　巻ごとの「今」関連の用例数

巻	用例数	巻	用例数
桐壺	13	藤袴	3
帚木	15	真木柱	22
空蟬	7	梅枝	6
夕顔	14	藤裏葉	4
若紫	21	第一部計	376
末摘花	9	若菜上	69
紅葉賀	8	若菜下	60
花宴	2	柏木	16
葵	20	横笛	8
賢木	29	鈴虫	14
花散里	0	夕霧	43
須磨	15	御法	12
明石	19	幻	15
澪標	8	第二部計	237
蓬生	10	匂宮	1
関屋	5	紅梅	5
絵合	12	竹河	15
松風	14	橋姫	8
薄雲	12	椎本	16
朝顔	16	総角	47
少女	23	早蕨	10
玉鬘	15	宿木	41
初音	6	東屋	25
胡蝶	5	浮舟	32
蛍	4	蜻蛉	45
常夏	7	手習	35
篝火	1	夢浮橋	13
野分	12	第三部計	293
行幸	19	総計	906

表2　巻ごとの「昔」と「いにしへ」の用例数

巻	昔	いにしへ	巻	昔	いにしへ
桐壺	2	1	藤袴	0	0
帚木	2	0	真木柱	5	0
空蟬	1	0	梅枝	6	2
夕顔	4	1	藤裏葉	6	1
若紫	0	0	第一部計	173	37
末摘花	2	1	若菜上	37	15
紅葉賀	5	0	若菜下	22	5
花宴	0	0	柏木	6	0
葵	4	0	横笛	5	3
賢木	12	1	鈴虫	3	1
花散里	3	1	夕霧	12	5
須磨	13	1	御法	5	4
明石	6	2	幻	5	5
澪標	10	0	第二部計	95	38
蓬生	10	1	匂宮	3	2
関屋	6	0	紅梅	3	0
絵合	7	4	竹河	13	3
松風	6	1	橋姫	9	1
薄雲	4	4	椎本	10	3
朝顔	12	2	総角	10	2
少女	11	3	早蕨	10	1
玉鬘	10	0	宿木	30	9
初音	2	3	東屋	9	5
胡蝶	6	1	浮舟	16	1
蛍	6	0	蜻蛉	9	2
常夏	2	1	手習	28	1
篝火	0	0	夢浮橋	6	0
野分	1	1	第三部計	156	30
行幸	9	5	総計	424	105

5　せめぎ合う浮舟の「今日」——「宇治十帖」時間表現の一手法——

はじめに

『源氏物語』の最後の女君の浮舟[1]は、薫と京の東屋で結ばれ、宇治に隠し据えられる。それを知った匂宮は、かねて二条院で見た浮舟への思いを断ちがたく宇治へ行き、浮舟と逢う。浮舟はこの時から、薫と匂宮の恋に引き裂かれ、追い詰められていく。二人の男君に揺れる恋は、正月の司召の頃から始まり、京への引越予定日がそれぞれ告げられたことによって、迫り来る日々の中にいる浮舟として焦点化される。そうした事情を抱え込むことになる浮舟が、初めて匂宮と契った後の「今日」という表現を見てみよう。

夜はただ明けに明く。御供の人来て声づくる。右近聞きて参れり。出でたまはん心地もなく、飽かずあはれなるに、またおはしまさむことも難ければ、京には求め騒がるとも、今日[1]ばかりはかくてあらん、何ごとも生ける限りのためこそあれ、ただ今出でおはしまさむはまことに死ぬべく思さるれば、この右近を召し寄せて、「いと心地なしと思はれぬべけれど、今日[2]はえ出づまじうなむある。（略）」とのたまふに、いとあさましくあきれて、心もなかりける夜の過ちを思ふに、心地もまどひぬべきを思ひしづめて、（略）「今日[3]、御迎へにとはべりしを、いかにせさせたまはむとする御事にか。かうのがれきこえさせたまふまじかりける御宿世は、いと聞こえさせはべらむ方なし。をりこそいとわりなくはべれ。なほ、今日[4]は出でおはしまして、御心ざしはべらばのどかにも」と聞こゆ。およすけても言ふかなと思して、「我は月ごろもの思ひつるにほれはてにければ、人のもどかむも言はむも知られず、ひたぶるに思ひなりにたり。すこしも身のことを思ひ憚らむ人の、かかる歩きは思ひたちなむや。御返りには、⑤今日は物忌など言へかし。（略）」　（浮舟⑥一二六、一二七頁）

二人が一夜を過ごした後の「夜はただ明けに明く」場面には、五つの「今日」が語られる。匂宮の心中が「匂宮は浮舟への惑溺から、周囲を憚らず前後の見境をなくして(2)」宇治に居続けることを決めた「①今日ばかりはかくてあらん」の「今日」として語られ、その「今日」が、「②今日はえ出づまじうなむある」と浮舟の女房右近に伝えられる。「はじめて驚くべき事態(3)」を知った右近は、この時から匂宮が浮舟への執着のため宇治に逗留する「今日」と石山寺詣でのために浮舟の母が迎えに来る「今日」という相容れない二つの情況がせめぎ合う時間のただ中に、立つことになる。そうした情況において右近は、匂宮に「③今日、御迎へにとはべりし」と浮舟の母からの物詣での迎えが「今日」であることを告げ、逃れようのない浮舟の宿世を言いつつも、その場を治める方策として「④今日は出でおはしまして」と、「今日」の帰京を勧める。つまり、匂宮の居続けようとする「今日」と母が物詣でに浮舟を迎えに来る「今日」とが、同時同場面に語られる。それらの「今日」は、浮舟には同時に受け入れられないものであるから、右近は帰京という「今日」を選択して匂宮に言ったのであった。

この場面は、それぞれの人々は皆「今日」が大事であるので、緊迫したものとなっている。人々のそれぞれの「今日」が、匂宮と契ったことに困惑している浮舟を照射する。進退窮まった浮舟の情況を察知した匂宮は、それでも自分の欲望のままに居続けるために「⑤今日は物忌など言へかし」と、虚偽の「今日」でその場を繕おうとする。同じ時間であるが、居続けようとする匂宮、その場の収束を図ろうとする右近、物詣での迎えの浮舟の母という位相を異にする「今日」が、重層化して畳みかけるように浮舟の居る現場に呈示され、切迫した場面を形成する。

これまでの『源氏物語』の「今日」との関わりの研究では、横井孝が、「光源氏の「昔」・紫の上の「今」」と題して、若菜以降の物語的情況を象徴的に「昔」と「今」の対比表現をふまえて論じる。[4] さらに鈴木宏子が、「幻巻の時間と和歌――想起される過去・日々を刻む歌――」で、幻巻の夏の更衣の日の花散里の贈歌の「今日」の新たな解釈を試み、それ以降の時間表現の変化を「夏以降の歌に見られる「今日」の連続は、(略)光源氏の最後の日々を刻んでいくものである[5]」と指摘する。

本章では、浮舟の物語の「今日」という表現に着目し、それがどのように語られ、物語展開とどう関わっているかを明らかにしたい。

一　「今日」という表現とその機能

「今日」という表現が、『源氏物語』には、二六二例(会話九八例、地の文(草子地を含む)八九例、歌三九例、心内語二三例、手紙(伝言を含む)一三例)認められる。多く見られる巻ごとの用例数を、表にして掲げてみる。

・多く見られる巻ごとの用例数

巻	用例数	誰を対象としているか、誰との関わりか、何を対象としているかなど。
葵巻	二二例	葵祭八例(内、源典侍と源氏三例、若紫と源氏二例、葵の上の見物一例、行列そのもの二例)、葵の上と源氏一一例、紫の上と源氏二例、朝顔と源氏一例

浮舟巻	一七例	浮舟に関わるもの
宿木巻	一六例	中の君七例（薫、匂宮とに関わるもの）、浮舟四例、藤花の宴三例、女二の宮二例
若菜上巻	一二例	源氏四十の賀四例、朱雀院四例、女三の宮一例、柏木一例、夕霧の伝言（源氏から柏木へ）一例、紫の上一例
若菜下巻	一二例	女楽三例、御賀の試楽三例、紫の上の死去を聞く二例、紫の上の小康状態一例、明石の尼君の住吉詣での歌一例、六条院の競射一例、主上から女三の宮への文一例
夕霧巻	一二例	夕霧に関わるもの
賢木巻	一一例	桐壺院五例（その内一例は藤壺主催の御八講）、六条御息所四例、藤壺一例（源氏との朝の別れ）、三位中将一例（源氏と文作り）
幻巻	一〇例	紫の上に関わるもの
柏木巻	九例	柏木四例、女三の宮一例、薫一例、夕霧一例、朱雀院一例、致仕の大臣一例
手習巻	九例	浮舟に関わるもの
若紫巻	八例	若紫に関わるもの
行幸巻	八例	行幸五例、大宮二例、内大臣一例

表から、「今日」という表現が葵巻に最も多く見られることが分かるが、この巻には多くの物語が入り組んでおり、「今日」が使われる対象は、一人には絞れない。それに対して浮舟巻、手習巻は、浮舟に関わる「今日」のみが使われる。他にも表に上がっていない浮舟に関わる「今日」が、東屋巻に六例、蜻蛉巻に三例、夢浮橋巻に四例

あり、それを含めると計四三例認められる。浮舟に関わる「今日」という表現が、『源氏物語』の作中人物の中ではどの人物より群を抜いて多いことが分かる。その四三例の内訳は、会話二四例、地の文（草子地を含む）九例、手紙（伝言を含む）六例、歌二例、心内語二例である。数量的に見ると、浮舟に関わる会話における使用が半ば以上を占める。これは、会話をする人々の意識が、浮舟の物語展開には多く関わっていることを示していよう。

さて、「今日」という表現は、文学作品の中でどのような機能を持つのであろうか。近藤一一、平田喜信、小野美智子が、『和泉式部日記』『和泉式部続集』「日次詠歌群」には「いまのま」「ただいまのほど」「いま」「今日」などが多く使われると指摘する。そして、そこに記される「今日」は「節目の日」であるとする。[6] 三田村雅子は、それに加えて方法として、「今」「今日」と称するのは、（略）歌の現場性を取り戻そうとする戦略」、「虚構的に再構成された「今」」を指摘する。[7] なお、今関敏子は、「『弁内侍日記』の「今日（けふ）」は、過去も未来も包含した、絶対の時間である」と、『弁内侍日記』の「今日」という時間認識を論じるが、[8] これも、時間表現の方法と解釈できよう。

さらに、和歌における「今日」の詠まれ方を、鈴木宏子は、次のように指摘する。[9]

一般に、和歌において「今日」が歌われるのは（略）他日とは置き換えのきかない「特定のその日」をテーマとする場合である。三代集四季歌の中では、立春、子日、三月尽、更衣、五月五日、六月祓、立秋、七夕、重陽、歳暮などの一年に一度しか巡ってこない「その日」が、「今日」という言葉で歌われている。この他、初めての逢瀬の日、旅立ちの日、忌日などの人生における節目となる日も、特別な思いのこもる「今日」として捉えられる。

確かに『源氏物語』においても、「今日」という表現は「一年に一度しか巡ってこない」日や「人生の節目となる、特別な思いのこもる「今日」」として数多く表現される。「今日」の使われ方の鈴木宏子の指摘は、物語をどう解読するかということで、評価できる。

しかし、それだけではない機能が、『源氏物語』の「今日」という表現にはあるのではなかろうか。それは、同じ時間の場に異なる二つの要素があることを明瞭に示す働きである。たとえば、幻巻の夏の更衣の日の花散里と源氏の歌の贈答は、次のようである。

夏の御方より、御更衣の御装束奉りたまふとて、
夏衣たちかへてける今日ばかり古き思ひもすすみやはせぬ
御返し、
羽衣のうすきにかはる今日よりはうつせみの世ぞいとど悲しき
（幻④五三七頁）

この贈答の花散里の歌に表記された新編全集本文の「すすみ」を、鈴木宏子は『孟津抄』、『源氏物語玉の小櫛』、岩波古典文学大系、『源氏物語評釈』や王朝和歌の表現体系を考え合わせて、「涼み」ととる。[10] その上で、「一年に一度しか巡ってこない」、紫の上没後の夏の更衣の日を、「今日から新しく夏の時間が始まる。涼しい夏衣に着替えるこの日だけは、紫の上を偲ぶ思いの火も、ほんの少しお鎮めなさいませんか」と花散里の「今日」と、それに対しての「今日よりは」の切り返しの歌には「尽きることのない悲しみと人生の無常」の源氏の「今日」を、読み取る。[11] ここで既に、「今日」という表現が同じ箇所に二度使われ、それが源氏と花散里の食い違う「今日」の同時場

面の立ち上げになっていることに注目したい。

幻巻には他にも「今日」という用例が多く見られ、それは紫の上への追悼の歌に詠まれる場合がほとんどである。[12]

宮人は豊の明にいそぐ今日ひかげも知らで暮らしつるかな　（幻④五四六頁）

右の歌は紫の上死後に迎えた豊明の節会の日に源氏が詠んだものであるが、宮中で「今日」行われている豊明の節会とそれを遠く離れた場所にいて自分自身を見つめる源氏の孤独な「今日」の対比が際立っている。ここでの「今日」の語られ方、すなわち同時に二つの空間を立ち上げる方法は、「豊明は今日ぞかしと、京思ひやりたまふ」（総角⑤三二四頁）と、大君の臨終の宇治と都の二つの空間の描写に受け継がれる。

その方法は、宿木巻の中の君と薫と匂宮の関わりの語られ方に引き継がれる。その展開を、「今日」という時間を軸として見てみよう。

・「今日は、まかでさせたまひなん」と申せば、「さらば、夕つ方も」とて出でたまひぬ。　（宿木⑤三九九頁）
・「わざと召しとはべらざりしかど、例ならずゆるさせたまへりしよろこびに、すなはちも参らまほしくはべりしを、宮渡らせたまふとうけたまはりしかば、をりあしくやはとて、今日になしはべりにける（略）」　（宿木⑤四二四頁）

両場面とも時間設定が、二条院の中の君のもとへ薫が行く「今日」となっている。前者は、二条院に匂宮のいることが確認される「今日」である。後者は、六の君との結婚後に薫が、匂宮不在時を選んで二条院を訪問したと言う「今日」である。

この二つの「今日」という時間は、二条院における匂宮の在、不在という視点から語り出されたものである。匂宮不在の「今日」に二条院を訪れた薫は、「今日は、御簾の内に」（宿木⑤四二四頁）入ることが許され、その時から、その中の君の姿が薫の脳裏に焼き付けられる。それ以後には、「「今日は宮渡らせたまひぬ」など、人の言ふを聞くにも、後見の心は失せて、胸うちつぶれていとうらやましくおぼゆ」（宿木⑤四三二頁）と、中の君のいる二条院への匂宮の帰邸とそれを聞く薫の心情が輻輳する「今日」が語られる。それは、中の君のいる二条院と薫のいる空間を同時に立ち上げて、薫の嫉妬の増幅を浮き上がらせる構図をとる。つまり、二条院への匂宮渡御の「今日」の喜ぶべき時間が嫉妬や羨望に瞬時に塗り替えられた薫の時間として語られる。この場面は、同じ時間の場に異なる二つの要素があることを端的に示すものである。

以上のように、同じ時間の場に二つの空間の「今日」を重ねる手法によって、作中人物の心の陰影を浮き上がらせることになる。『源氏物語』の「今日」という表現は、単発的に物語を導いていくようなものではなく、輻輳的に交錯する時間を示す方法として使われる。さらに、具体的に「今日」という表現のあり方を検討したい。

二　浮舟に関わる「今日」という表現

浮舟に関わる「今日」(13)という表現がなされる場面は、物語の「節目の日」を表している。物語に添って箇条書にすると、次の通りである。

（1）薫の垣間見（2）匂宮の接近（3）薫との結婚（4）匂宮との密会（5）同時の二人の男君からの手紙（6）浮舟失踪の朝の母からの手紙（7）薫と匂宮の浮舟回想の歌の贈答（8）浮舟救助（9）浮舟の出家（10）出家後

それぞれを詳しく見ていくことにする。「（1）薫の垣間見」には、浮舟の宇治到着が「昨日おはしつきなんと待ちきこえさせしを、などか今日も日たけては」（宿木⑤四九二頁）と、到着予定の昨日ではなく、薫が来ている「今日」になったからできたと薫と浮舟の到着の「今日」が重ねられる。「（2）匂宮の接近」の場合も「今日過ぎば、この月は日もなし」（東屋⑥五九頁）と、中の君の洗髪が「今日」であったからできたと、中の君と浮舟の「今日」が重ねられている。「（3）薫との結婚」では、「九月にもありけるを。心憂のわざや。いかにしつることぞ」（東屋⑥九三頁）と周りの人々は結婚の忌み月である「九月」を嘆くのであるが、弁の尼が「九月は明日こそ節分」（東屋⑥九三頁）と、「今日は十三日」（東屋⑥九三頁）で結婚しても差し支えない日であることを気付かせる。ここでは同じ日の二つの意味合いを語ることで、結婚の体面が保たれたことになるのである。「（4）匂宮との密会」は、「大将、今日明日はよもおはせじなど、内記によく案内聞きたまひて」（浮舟⑥一一八頁）[14]と薫が除目で京を離れられない「今日明日」に宇治行きを決行したから、逢瀬を遂げることができたと、つとめに忙しい薫[15]とひまな匂宮の「今日」が重ねられての表現となる。

さらに同時場面を立ち上げる「今日」が、蜻蛉巻と手習巻の冒頭部に語られる。それは、「（6）浮舟失踪の朝の母からの手紙」とした部分の母の手紙に記された「今日は雨降りはべりぬべければ」（蜻蛉⑥二〇二頁）の「今日」と、「（8）浮舟救助」とした部分の「奈良坂といふ山越えけるほどより、この母の尼君心地あしうしければ」「宇治のわたりに知りたりける人の家ありけるにとどめて、今日ばかり」（手習⑥二七九頁）[16]休んだ「今日」である。「雨」によって蜻蛉巻と手習巻の冒頭部の時間が重ねられることは、既に指摘されるが、母からの手紙の日と浮舟が救助される日が同じ「今日」の明記によって重ね合わせて語られるのも特徴といえよう。二つの巻が、重ねられた「今日」という日を起点として語り始められ、同時のこととして別々に展開する。「今日」という表現が、蜻蛉・手習巻の冒頭部に置かれ、浮舟の死後と再生の二極から始まる物語を繫ぎ、二つの巻が並行することを示す方法として機能する。なお、「(8) 浮舟救助」の場面自体にも、「心地」が悪くなった僧都の母と木の下で倒れている浮舟の「今日」が重ね合わされて表現される。

以上、二つの方向から重ねられた「今日」や二つの巻が同時並行することを語る「今日」が、浮舟に関わる「今日」という表現の特徴であることを述べてきた。それは、出来事に臨場感や実在感を与え、さらに奥行きを持たせて物語を展開させる方法である。

三 「今日」という時間の重なり

このような「今日」を立ち上げる浮舟の物語は、人々の「今日」がぶつかり合って表現され、ダイナミックな構造をとる。そのダイナミズムは、当該場面に示されるように、作中人物たちのそれぞれの思いが葛藤する「今日」が、位相を異にして浮舟の現前に呈示されることである。その様相を見てみよう。前節で「(4) 匂宮との密会」とした部分である。その前半部は「はじめに」に掲げた。次に、その後半部を掲げる。

あやにくに殿の御使のあらむ時いかに言はむと、「初瀬の観音、①今日事なくて暮らしたまへ」と、大願をぞ立てける。石山に②今日詣でさせむとて、母君の迎ふるなりけり。この人々もみな精進し、浄まはりてあるに、

「さらば、③今日はえ渡らせたまふまじきなめり。いと口惜しきこと」と言ふ。（略）日高くなるほどに、迎への人来たり。（略）右近、いかにせむ、殿なむおはすると言ひたらむに、京にさばかりの人のおはしおはせずおのづから聞き通ひて、隠れなきこともこそあれと思ひて、この人々にも、ことに言ひあはせず、返り事書く。
昨夜より穢れさせたまひて、いと口惜しきことを思し嘆くめりしに、今宵夢見騒がしく見えさせたまひつれば、④今日ばかりつつしませたまへとてなむ、物忌にてはべる。かへすがへす口惜しく、もののさまたげのやうに見たてまつりはべる。
と書きて、人々に物など食はせてやりつ。尼君にも、「⑤今日は物忌にて、渡りたまはぬ」と言はせたり。
（浮舟⑥一二九～一三一頁）

「日高くなるほどに」と時間が経過するにつれて、匂宮の居続ける現実を前にして、困惑の度合いが増してくる「今日」、言い換えれば、右近が「人に知らすまじうはいかがはたばかるべき」（浮舟⑥一二八頁）と画策し、匂宮との共犯関係によって維持される「今日」が、語られる。夜が明けてから日が高くなるまでの数時間に、新編全集によれば用例として掲げた浮舟巻の一二六、一二七頁と一二九～一三一頁の二場面に、十回を数える「今日」が集中して表現される。この集中ぶりが際立っていることは、数量的にも確認できよう。

具体的に見ていくと、まず薫からの使者が来て匂宮との関係が露見することを危惧して、「初瀬の観音、①今日事なくて暮らしたまへ」と、初瀬の観音に大願を立てる右近の「今日」が、表現される。

その日は、実は、「石山に②今日詣でさせむとて、母君の迎ふるなりけり」と石山寺への参詣の「今日」であったのである。その参詣の中止が、石山詣でを期待していた浮舟に仕える人々に、「さらば、③今日はえ渡らせたまふまじきなめり」と「いと口惜し」い思いを抱かせる「今日」として語られる。気をもんでいる右近と石山詣での中止を残念がる人々の「今日」が、対比的に表現される。

日が高くなって迎えの人々が到着したので、浮舟の母に「④今日ばかりつつしませたまへとてなむ、物忌にてはべる」と、手紙によって伝え、尼君には「⑤今日は物忌にて、渡りたまはぬ」と、右近は伝言する。このように、手紙や伝言の中にも「今日」という言葉が入っており、「今日」を乗り切らなければならない右近の困惑に切実感を持たせている。ここでは、匂宮が招いた事態に対処しようとする右近と内情を知らされていない女房の側からの位相を異にする「今日」が、描かれる。つまり、匂宮との密会は、複数の人々の思いが輻輳する「今日」になされたという表現をとるのである。

さらに複数の思いが交錯する「今日」という表現は、前節で「(5) 同時の二人の男君からの手紙」とした箇所にも見受けられる。二人の男君からの手紙に動転する浮舟の「今日」は、次のように語られる。

白き色紙にて立文なり。御手も、こまかにをかしげならねど、書きざまゆゑゆゑしく見ゆ。宮は、いと多かるを小さく結びなしたまへる、さまざまをかし。「まづかれを。人見ぬほどに」と聞こゆ。「今日は、え聞こゆまじ」と恥ぢらひて、手習に、（浮舟⑥一五九、一六〇頁）

薫からは「白き色紙にて立文」、匂宮からは「小さく結びなしたまへる」文が、同時に贈られてくる。薫と匂宮の文を目の前に動転している浮舟は、「今日は、え聞こゆまじ」と、事態の収束を「今日は返事を書くことができそうもない」との恥じらいで示すのである。しかし、浮舟は匂宮に、そして薫にと、歌を贈ってしまう。こうした実情を知るはずもない薫と匂宮は、引越予定の日をそれぞれに告げる。それが、浮舟の苦悩を増していくのである。そういう日々の中で、再度の薫と匂宮の文、文使いの同時到着という事態が起こり、匂宮との密会の事実を薫が知ることとなる。(17)

殿の御文は今日もあり。なやましと聞こえたりしを、いかがととぶらひたまへり。「みづからと思ひはべるを、わりなき障り多くてなむ。このほどの暮らしがたさこそ、なかなか苦しく」などあり。宮は、昨日の御返りもなかりしを、「いかに思し漂ふぞ。風のなびかむ方もうしろめたくなむ、いとどほれまさりてながめはべる」など、これは多く書きたまへり。雨降りし日、来あひたりし御使どもぞ、今日も来たりける。

（浮舟⑥一六九、一七〇頁）

薫からの文が「今日もあり」、薫と匂宮の文使いが「今日も来たりける」と「今日も」「今日も」と反復して畳みかけるように「今日」という表現がなされ、薫と匂宮からの文、文使いという相容れない現実の衝突を際立たせる。この事態が浮舟を追い詰めていったことは、現在という一瞬に同時に到着した文と文使いの反復し重ねての「今日」という表現に窺い知ることができる。

「今日」という時間はただそこにある「今のこの日」であるが、位相を異にする「今日」という時間の集中した重なりによって、人々のそれぞれの時間が交差され、関係性の網目の中に浮舟は置かれることになる。その重なりは、浮舟の「今日」の困惑や混乱が人間の関係性の中で展開していることを示す機能を持つ。

四　出家と関わる「今日」という表現

浮舟の情況を立ち上げていた複数の人々の「今日」は、浮舟の出家の「今日」によって収束を見せようとする。次は、先に「(9) 浮舟の出家」とした部分である。

「(略) 今宵かの宮に参るべくはべり。明日よりや御修法はじまるべくはべらん。七日はてて まかでむに仕まつらむ」とのたまへば、かの尼君おはしなば、かならず言ひさまたげてんといと口惜しくて、「乱り心地のあしかりしほどに、乱るやうにていと苦しうはべれば、重くならば、忌むことかひなくやはべらん。なほ今日はうれしきをりとこそ思うたまへつれ」とて、いみじう泣きたまへば、聖心にいといとほしく思ひて、「夜や更けはべりぬらん。山より下りはべること、昔はことともも思うたまへられざりしを、年のおふるままには、たへがたくはべりければ、うち休みて内裏には参らん、と思ひはべるを、しか思し急ぐことなれば、今日仕うまつりてん」(手習⑥三三六、三三七頁)

浮舟の出家は、妹尼の初瀬詣でによる小野不在と横川の僧都の女一の宮の加持のための「僧都、今日下りさせたまふ」(手習⑥三三二頁) との下山の二つの偶然が重なって、実行に移された。この場面では、これまで人々の困惑や混乱の「今日」の中に置かれていた浮舟の、自らの意思で出家しようとする「今日」が表現される。僧都の「今日仕うまつりてん」と浮舟の出家を成就させてくれる千載一遇の「今日」は、浮舟の出家したい「今日」と僧都のそれを納得した「今日」が一致した一瞬の偶然の隙間の「今日」に設定されている。京ではその中心の女一の宮が物の怪に苦しんでおり、「明日より」横川の僧都の「御修法」が始まるという。そのための下山途中で小野に立ち寄った僧都の「今日」と、それを利用せずにはおれない浮舟の出家しようとする「今日」が、重ねられる。

ここでは、偶然の隙間の「今日」が事態を収束しようとしているが、その時点においても、京と小野という異なった空間が、「今日」という時間で重ね合わせられる。つまり、京と小野の現状が同じ日付になることによって、京の物の怪に苦しむ女一の宮の姿が透かし見え、女一の宮の物の怪に苦しむ京の現状と小野の浮舟の苦悩から抜け出ようとするあり方が対照される。言い換えれば、「今日」という表現が現世で苦しむ二人の女君の姿を重ねていることになり、浮舟の「今日」が、前節の指摘と同じように、人々の時間の重なりによって表されるという構図をとる。

以上、手習巻の浮舟の出家と関わる「今日」を検討してきたが、同時に展開する薫の「今日」は、どう語られているのであろうか。蜻蛉巻と手習巻は並行して展開されるが、蜻蛉巻で薫が浮舟の引越予定日を迎え、浮舟を想起する日の「今日」という表現を見てみよう。

月たちて、今日ぞ渡らましと思ひ出でたまふ日の夕暮、いとものあはれなり。御前近き橘の香のなつかしきに、ほととぎすの二声ばかり鳴きてわたる。「宿に通はば」と独りごちたまふも飽かねば、北の宮に、ここに渡りたまふ日なりければ、橘を折らせて聞こえたまふ。

忍び音や君もなくらむかひもなき死出の田長に心かよはば

宮は、女君の御さまのいとよく似たるを、いとあはれに思して、二ところながめたまふをりなりけり。気色あ

る文かなと見たまひて、
「橘のかをるあたりはほととぎす心してこそなくべかりけれ
わづらはし」と書きたまふ。
（蜻蛉⑥二二三頁）

この場面では、「今日ぞ渡らましと思ひ出でたまふ日」と「ここに渡りたまふ日」と同じ日が二様に表現される。その「今日」は、実は、淺井ちひろの指摘「京へ移った時点、即ち四月十日を以て薫の配偶者の一人として世間、そうして何よりも薫自身から認知される筈(18)」の日であったのだが、浮舟不在によって、「今日ぞ渡らまし」と、その日は、もう何も起こらない「今日」となったことを表す。そして、引越予定の「今日」が、照らし返されるように、「渡らましと思ひ出でたまふ日」として、薫にその日を思い起こさせる日となるのであった。

薫は、引越予定であった日に「ほととぎすの二声ばかり鳴きて」わたったことによって、その声を冥土からの使者ともいわれた「死出の田長」の声、言い換えれば死者の声(19)、浮舟の魂がよびかけている声のように感じ取ったのであろう。「忍び音や」の歌を、二条院へ贈ることになる。浮舟が自分のもとへは渡ってこないことを確認した薫の「今日」が、ちょうど二条院へ匂宮が「ここに渡りたまふ日」であったと対比的に語られる。その二条院は、薫の屈折した心の「今日」に気付くはずもない匂宮夫妻の物思いの「二ところながめたまふをり」であった。二様に表現された「今日」には、それぞれの作中人物の心のありようが重ねられている。

なお、先に「(10)出家後」とした部分の浮舟出家後の「今日」という表現は、出家しても断ち切れない過ぎ去ったことを「今日も悲しき」（手習⑥三五五頁）と歌に詠み、弟の小君の顔を「今日見れば」「いと忍びがたけれ」（夢浮橋⑥三九三頁）と返却する（夢浮橋⑥三八九頁）と思い、薫からの手紙を「今日は、なほ、持て参りたまひね」

「今日」として語られる。これらの「今日」という表現は、出家によって、収束しようとしてもしきれないでいる浮舟の出家後の「今日」を語るものであろう。訣別した過去に揺り戻される現実として、実在感のある「今日」が表現される。このように語ることで、浮舟の仏道や手習に身を置く日々の中に、過去を想起する「今日」がなまなましくあったことを示すことになる。[20]

以上、手習巻の浮舟の出家、蜻蛉巻の薫、手習・夢浮橋巻の出家後の浮舟のそれぞれの「今日」を考察してきた。中でも、浮舟の出家によって収束しようとする物語に、物の怪に苦しむ女一の宮の「今日」が組み込まれ、その加持のために京を訪れた僧都が、浮舟の一件を中宮に話す物語展開となることも注目される。浮舟のことを薫が知る手がかりが京に修法のために滞在した僧都と中宮の会話の中にあり、その時点での浮舟は、「今日も悲しき」と出家しても断ち切れない「今日」の中にいる。これは、出家ですべてが解決するのではなく、さらに物語が続いていくことを予感させる構想であろう。「今日」という時間の重なりが、輻輳化して情況を設定し、物語を展開させ、次の場面を作っていこうとする、その方法が、出家後の「今日」を語らせ、物語を持続させていったと考えられる。

結びに

浮舟の物語は最初の登場の時から同じ「今日」の出来事が重なって語られ、最後まで「今日」がすれ違って、「今日」という時間が関わっている重みの中に閉じられる。「今日」という表現について、歌における場合、鈴木宏子が、「今日」が歌われるのは、「他日とは置き換えのきかない「特定のその日」をテーマとする場合」とし、『源氏物語』では、幻巻の花散里との歌の贈答以降の光源氏の日々を刻む歌の「今日」を指摘する。[21]しかし、浮舟の場合は、感情を昇華した歌による表現だけではなく、誰もがすぐに表現できる会話に「今日」という表現が多く使われる。これは、会話をする人々の意識のぶつかり合う「今日」という時間が物語を展開させることを表す。

このような時間が交錯する「今日」が、浮舟を照射する。その「今日」を、最初は「物忌」という偽りの「今日」で、ついには浮舟の意思による出家の「今日」で収束しようとする。しかし、出家によって収束しようとする場面においても、京の女一の宮と小野の浮舟の「今日」とが重ね合わせられており、浮舟の「今日」が、人々の時間の重なりによって表されるという構図に変わりはない。

物語は、出家の後も断ち切れない浮舟の思いの「今日」が続いていることを語り、薫は浮舟との「今日」を引きずり、匂宮は中の君との二条院の生活の中にいたことが、「今日」という表現のありようから窺われよう。

以上のように、浮舟の物語の展開には「今日」という表現が意図的に使われる。その表現が、複数の人々の異なる立場や思惑を重ね合わせたり、京と小野の二つの空間を同時のこととして結んだり、浮舟に死と再生の物語が同時にあったことを実在感を伴って繋いだりして、場面をダイナミックに構築する。つまり、浮舟の物語には、「今日」という表現が一つの方法として機能しているのである。

その萌芽は確かに幻巻、宿木巻に認められるが、それを物語推進の方法として積極的に活用したのは浮舟に関わる物語だったといえよう。このことは、「今日」の方法的使用が、『源氏物語』が展開される中で獲得され、浮舟巻で高い達成を示すことになったと考えられる。それ以後の巻においても「今日」という表現が、出家を、さらに出家後を効果的に語ることになる。「今日」という言葉は日常的に使われる言葉でありながら、実は、物語の「今」を切り取る重要なキーワードとして機能しているのである。

註

（1）浮舟のことを、「『源氏物語』の最後の女君」と、原岡文子は述べる。「浮舟物語と「人笑へ」」『源氏物語の人物と表現――その両義的展開』翰林書房、二〇〇三年、四八四頁。
（2）福田孝「浮舟」鑑賞欄『源氏物語の鑑賞と基礎知識』至文堂、二〇〇二年一一月、七五頁。
（3）新編日本古典文学全集「いとあさましくあきれて」の頭注（一一）（浮舟⑥一二六、一二七頁）に、「右近は、今はじめて驚くべき事態を知る」とある。
（4）横井孝「光源氏の「昔」・紫の上の「今」」『円環としての源氏物語』新典社、一九九九年。
（5）鈴木宏子「幻巻の時間と和歌――想起される過去・日々を刻む歌――」『王朝和歌の想像力――古今集と源氏物語――』笠間書院、二〇一二年、四四四頁。
（6）『和泉式部日記』『和泉式部続集』「日次詠歌群」に記された「いまのま」「ただいまのほど」「いま」「今日」について、近藤一一が、「「いまのま」「ただいまのほど」などの言葉に示される現在という一瞬に集中して行く時間」（「和泉式部日記の時間の構造」『国語国文学報』第一九号、一九六五年一一月）を、平田喜信が、「ここには、「いま」「今日」などの「現在」時を表現した語彙が集中するのである」（「和泉式部日記と続集日次詠歌群」『平安中期和歌考論』新典社、一九九三年、一二七、一二八頁）と、「現在」時を表す語彙の集中を指摘し、小野美智子が、「特定の日に限って「今日」を用いてアクセントを付けて、その日を強調するという意図がある」「「今日」が「節目の日」であることを強調するものとして浮上するのである」（「和泉式部続集日次歌群の形態面の特質」『中古文学』第六〇号、一九九七年一一月）と、その機能を指摘する。
（7）三田村雅子「もう一つの「和泉式部日記」――詞書から読む日次歌群――」『玉藻』第四二号、二〇〇七年三月。
（8）今関敏子「『弁内侍日記』における「今日（けふ）」――『中務内侍日記』と比較して」『仮名日記文学論――王朝女性たちの時空と自我・その表象』笠間書院、二〇一三年、一一五頁。
（9）註（5）に同じ（四四三頁）。

（10）註（5）に同じ。

（11）註（5）に同じ（四三九頁）。

（12）幻巻の「今日」の用例一〇例中、歌に詠まれたものは、七例（源氏四例、中将の君二例、花散里一例）であり、鈴木宏子は、そこに「日々を刻む歌」を読み取る（註（5）に同じ）。

（13）「今日」と関係する意味内容を持つ「今」及びその関連語（「今朝」「今宵」「今年」「今の世」「ただ今」など）は、『源氏物語』に九〇六例（『源氏物語大成（索引編）』（中央公論社）による）見受けられ、「今日」と「今」は相関しており、重要な問題を含んでいる。特に浮舟を対象とした「今」及びその関連語は多く用いられるが、別稿に譲りたい。

（14）匂宮は、薫の時間を周到に把握しているのである。匂宮が浮舟の所へ初めて会いに行く時も、「大将、今日明日はよもおはせじなど、内記によく案内聞きたまひて」（浮舟⑥一一八頁）と、薫の予定時間調査をしてから来ている。薫が司召に忠勤しているのと同時並行している時間に、匂宮が浮舟と初めての密会を果たしているのである。

（15）稿者は、「京における薫は、公にも私にも暇なき人として描かれている。「暇」という言葉は、宇治十帖では十一例あり、薫に七例使われている。その中で、暇なき人として薫が描かれているのは五例である。（略）薫は、「公私に暇なく明け暮らし」「昼は公事に暇なく」と書かれており、多忙な日々を送っていたことが分かる」と、指摘した。「「宇治十帖」の論理――薫の時間」（三田村雅子編『源氏物語のことばと身体』青簡舎、二〇一〇年、一二二頁）。

（16）『細流抄』の「蜻蛉」に「浮舟の入水せんと思ひ立し翌日也手習巻に横川僧都にあひし時の雨なるへし」（内閣文庫本、桜楓社、一九八〇年、四二六頁）とあり、原岡文子は、「入水決意に震える浮舟の姿を最後に、浮舟の巻が閉じられると、蜻蛉の巻が、女君失踪に慌てる宇治の動静を伝えることで開始され、一方手習の巻が蜻蛉の巻に重なる浮舟その人の時間を語ることは周知のところである。この「所」を隔てての「時」の照応を明かすものまたしても「雨」であった」（「雨・贖罪、そして出家へ」註（1）書に同じ、五二三頁）と、指摘する。

（17）この部分の「雨降りし日、来あひたりし御使どもぞ、今日も来たりける」（「浮舟」⑥一七〇頁）について、原岡文子は、「「御使ども」の「再びの出会いに、薫方の随身が不審を抱いたことがきっかけとなり、匂宮との密事露顕に至る」」（註（16）原岡論文に同じ、五二三頁）と、指摘する。

(18) 浅井ちひろ「「蜻蛉巻」四月十日の薫の歌「しでのたをさ」をめぐって」『和歌文学研究』第八四号、二〇〇二年六月。

(19) 久保田淳・馬場あき子編『歌ことば歌枕大辞典』（角川書店、一九九九年）によれば、「死出の田長」とは、「「しいでのたをさ」とも。ほととぎすの異名。（略）平安後期以後は死出の意をこめて使われることが多い」とある。

(20) 原岡文子は、「尼・浮舟の悟りや静けさには遠い、惑いと揺らぎがほの見えてくる」と述べる。「前代物語とのかかわり――『蜻蛉日記』『枕草子』を中心に――」『源氏物語研究集成』第七巻、風間書房、二〇〇一年、五五頁。

(21) 註（5）に同じ。

6　切迫する浮舟の「ただ今」——偶然を生きる匂宮との関わり——

はじめに

浮舟は登場の時から、「今」「ただ今」という語とともに語られる。次は、初瀬詣での帰途、宇治の邸に身を寄せる浮舟を、薫が垣間見る場面である。

ただ今は、何ばかりすぐれて見ゆることもなき人なれど、かく立ち去りがたく、あながちにゆかしきも、いとあやしき心なり。尼君は、この殿の御方にも、御消息聞こえ出だしたりけれど、「御心地なやましとて、今のほどうち休ませたまへるなり」と、御供の人々心しらひて言ひたりければ、（略）この老人、「いとあやしく苦しげにのみせさせたまへば、昨日はこの泉川のわたりにて、今朝も無期に御心地ためらひてなん」と答へて、起こせば、今ぞ起きゐたる。（略）あはれなりける人かな、かかりけるものを、今まで尋ねも知らで過ぐしけることよ、（略）ただ今も、はひ寄りて、世の中におはしけるものを、と言ひ慰めまほし。

（宿木⑤四九一～四九四頁）

この場面には、二つの「ただ今」が表現される。「ただ今は、何ばかりすぐれて見ゆることもなき人」と、浮舟一行の様子や言動から、新編全集頭注（一）に「受領ふぜいの女君ゆえに」(1)とあるように、最初薫は、浮舟を東国人の一人として捉えていた。薫はそう把握するものの、「まづ、頭つき様体細やかにあてなるほどは、いとよくもの思ひ出でられぬべし」（宿木⑤四八九頁）と、大君と似通う頭つきや身のこなしに引きつけられたのであった。

この垣間見ている薫のもとへ、弁の尼から消息が来る。薫の思いに気を利かせた供の人々は、薫が旅の疲れで「御心地なやまし」と、「今」は休んでいると伝える。そこで、弁の尼は、今度は浮舟の宿っている寝殿へ身繕いをして挨拶に来る。挨拶しなければならない浮舟は、「起こせば、今ぞ起きゐたる」と、「今ぞ」という時の表現とともに、やっとの思いで起きた「今」が強調されて語られる。石阪晶子が「「起きる」女の物語」で、病気回復の視点から浮舟を読み解いているが(2)、既に薫に垣間見られる当場面において、「今ぞ起きゐたる」と、浮舟が起きあがったことが語られている(3)。この場面の「今ぞ」という時は、浮舟が起きあがった「今」なのである。はからずもこの場面を薫は見たのであるが、この「今ぞ起きゐたる」女君には、何かが起こりそうな予感が示されていよう。

「あはれなりける人かな、かかりけるものを、今まで尋ねも知らで過ぐしけることよ」と、亡き大君に似通う浮舟に惹かれていく薫が、点描される。初めの「ただ今」の時は、浮舟に近寄っても期待が持てそうもないけれども、なぜか強く惹かれていく薫の心が示されていたが、垣間見た後には「はひ寄りて、世の中におはしけるものを、と言ひ慰めまほし」と、心が揺さぶられるようになったと、語られる。その瞬間がまた、「ただ今も」と表現されている。このように、浮舟垣間見の場面は二つの「ただ今」に縁取られている。

ここで、浮舟に巡り逢えた悦びの絶頂の瞬間が、薫の「ただ今」と捉えられたことには、注目されよう。「ただ今」は、薫の宇治訪問と浮舟の一日遅れの宇治到着と、浮舟と弁の尼の対面の位置関係の偶然が重なり合って生じた一瞬の時間として、設定されている。

浮舟物語の展開に意図的に使われる「今日」という表現を、第Ⅰ章第5節「せめぎ合う浮舟の「今日」」で、「複数の人々の異なる立場や思惑を重ね合わせ、京と小野の二つの空間を同時のこととして結び、浮舟に死と再生の物語が同時にあったことを実在感を伴って繋ぐ「補完し合う中の君物語の「今」」で、「同時に並行する二つの異質の空間を繋ぐ」ものとして指摘した。(4) また、中の君物語においても、第Ⅰ章第4節「今」という表現」を考察した。(5)本章では、瞬時を表す「ただ今」という表現と浮舟の関係について考えたい。

一　「ただ今」の『源氏物語』における使われ方

「ただ今」という表現が、『源氏物語』には、八六例認められる。「ただ今」という語は、八六例中三六例が宇治十帖に見られる。宇治十帖は『源氏物語』のほぼ五分の一の量にあたるので、比率からすると宇治十帖は、現在の一瞬を表す「ただ今」とともに語られることが多いといえよう。

多く見られる巻ごとの用例数を、表にして挙げてみる。

・多く見られる巻ごとの用例数

巻	東屋巻	浮舟巻	蜻蛉巻	若紫巻	宿木巻	夕霧巻	手習巻
用例数	七例	七例	七例	五例	五例	四例	四例

表から、「ただ今」という表現が宇治十帖後半に多いことが分かる。作中人物ごとに見ると、浮舟に関わる「ただ今」という表現が一九例(6)認められる。『源氏物語』の中では浮舟の「ただ今」が、どの人物より群を抜いて多いといえよう。浮舟の物語展開には、「今日」という日付の限定だけではなく、多くの「ただ今」という瞬時を示す

時間が関わっているのである。「ただ今」の場面を語ることで、切迫感や臨場感を持たせて、浮舟の物語がすぐその場で「ただ今」起きていることのように表現される。

さて、『源氏物語』における「ただ今」の使われ方を見てみよう。若紫巻の若紫登場の場面に、「ただ今」は多用される。

A尼君、髪をかき撫でつつ、「梳ることをうるさがりたまへど、をかしの御髪や。いとはかなうものしたまふこそ、あはれにうしろめたけれ。（略）ただ今おのれ見棄てたてまつらば、いかで世におはせむとすらむ」とていみじく泣くを見たまふも、すずろに悲し。（若紫①二〇七、二〇八頁）

B僧都あなたより来て、「こなたはあらはにやはべらむ。今日しも端におはしましけるかな。この上の聖の方に、源氏の中将の、瘧病まじなひにものしたまひけるを、ただ今なむ聞きつけはべる。いみじう忍びたまひければ知りはべらで、ここにはべりながら御とぶらひにもまうでざりける」とのたまへば、「あないみじや。いとあやしきさまを人や見つらむ」とて簾おろしつ。（若紫①二〇八、二〇九頁）

Cうち臥したまへるに、僧都の御弟子、惟光を呼び出でさす。ほどなき所なれば、君もやがて聞きたまふ。「過ぎりおはしましけるよし、ただ今なむ人申すに、驚きながらさぶらふべきを、なにがしこの寺に籠りはべりとはしろしめしながら忍びさせたまへるを、愁はしく思ひたまへてなん。草の御むしろも、この坊にこそまうけはべるべけれ。いと本意なきこと」と申したまへり。（若紫①二一〇頁）

Aは、祖母尼君の「今」にも死にそうな心情を、若紫に伝えようとする「ただ今」、Bは、僧都が源氏の参来を聞きつけたという「ただ今」、Cは、僧都の言葉の中の、源氏の参来を人々が僧都に伝えた「ただ今」を示す。

なお、この垣間見の後、若紫を二条院へ源氏は招聘するのであるが、それに対して、「ただ今は聞こえむ方なし」（若紫①二二二頁）、「ただ今は、かけてもいと似げなき御事と見たてまつる」（若紫①二五〇頁）と、それを断る若紫側の「ただ今」が、「は」という助詞を伴って語られることになる。北山で見いだされた少女は、すぐには結婚できないことが、「ただ今は」の下に否定の語を伴って語られるのである。

そもそも、第I章第5節でも述べたとおり、三田村雅子は「もう一つの「和泉式部日記」――詞書から読む日次歌群――」で、「「今」「今日」と称するのは、（略）歌の現場性を取り戻そうとする戦略」、「虚構的に再構成された「今」」を、指摘する。(7) この若紫登場の場面に「ただ今」が多用されるのは、若紫が登場する偶然を、臨場感や現実感のあるものとさせ、語りの必然性の中に取り込もうとする戦略であったのだ。

このことは、『源氏物語』の他の「ただ今」にも、援用できよう。さらに、検討していきたい。

二 「ただ今」を生きる匂宮

現在の一瞬に集中する生き方には、匂宮のそれが挙げられよう。

なべてに思す人の際は、宮仕の筋にて、なかなか心やすげなり、さやうの並々には思されず、もし世の中移りて、帝、后の思しおきつるままにもおはしまさば、人より高きさまにこそなさめなど、ただ今は、いとはなやかに心にかかりたまへるままに、もてなさむ方なく、苦しかりけり。（総角⑤二九〇頁）

匂宮が中の君と結婚した後、その扱いに苦慮する場面に、「ただ今」が使われる。いずれは「人より高きさまにこそなさめ」との将来の予測を思いつつも、現在は口に出せない「ただ今」が、宇治にいる今現在の中の君の処遇に匂宮が苦慮している様子として、語られる。(8)

中の君の扱いに苦慮する場面に使われた「ただ今」が、匂宮が二条院でたまたま居合わせた浮舟に接近した場面にも見られる。その接近は浮舟を困惑させるが、その時浮舟をその一瞬から解放したのも、明石中宮の「いみじく重くなやませたまふ」「ただ今」の呼び出しによる。

少将と二人していとほしがるほどに、内裏より人参りて、大宮この夕暮より御胸なやませたまふを、ただ今いみじく重くなやませたまふよし申さす。右近、「心なきをりの御なやみかな。聞こえさせん」とて立つ。少将、「いでや、今はかひなくもあべいことを。をこがましく、あまりなおびやかしきこえたまひそ」と言へば、「いな、まだしかるべし」と忍びてささめきかはすを、（略）「誰か参りたる。例の、おどろおどろしくおびやかす」とのたまはすれば、（略）申しつぎつる人も寄り来て、「中務宮参らせたまひぬ。大夫はただ今なん。参りつる道に、御車引き出づる見はべりつ」と申せば、げにはかに時々なやみたまふをりをりもあると思すに、

（東屋⑥六四、六五、六六頁）

明石中宮からの「なやみ」による呼び出しに対して匂宮は、浮舟と出逢っている「今」という時間を引き伸ばそうと、誰が中宮のもとに来ているかを問う。兄と思われる中務宮や中宮にとって一番の側近の中宮大夫が既に参上しているという「ただ今」の情報がもたらされ、情況が深刻であることを知り、匂宮は浮舟を離れるのであった。(9)

こうした匂宮接近後、混乱する浮舟の「ただ今」が語られる。「君は、ただ今はともかくも思ひめぐらされず、ただいみじくはしたなく、見知らぬ目を見つるに添へても、いかに思すらんと思ふにわびしければ、うつぶし臥して泣きたまふ」（東屋⑥六七頁）、ただ一途に決まり悪く、初めての経験に戸惑い、中の君の思惑に気兼ねをしてうつぶせになって泣くしかない[10]、浮舟の「ただ今」である。「ただ今」を用いることによって、浮舟の当惑が、理性を越えた、直接浮舟の感覚を刻んでいる瞬間なのだということを示すことになる。

この接近の後、匂宮は画策し、たばかりによって浮舟と契ることに成功する。その直後が、「ただ今」によって切り取られる。

夜はただ明けに明く。御供の人来て声づくる。右近聞きて参れり。出でたまはん心地もなく、飽かずあはれなるに、またおはしまさむことも難ければ、京には求め騒がるとも、今日ばかりはかくてあらん、何ごとも生ける限りのためこそあれ、ただ今出でおはしまさむはまことに死ぬべく思さるれば、この右近を召し寄せて、「いと心地なしと思はれぬべけれど、今日はえ出づまじうなむある。男どもは、このわたり近からむ所に、よく隠ろへてさぶらへ。時方は、京へものして、山寺に忍びてなむと、つきづきしからむさまに答へなどせよ」とのたまふに、（浮舟⑥一二六頁）

やっとの思いで浮舟との逢瀬を持つことができた匂宮は、「ただ今出でおはしまさむはまことに死ぬべく思さるれ」と、周囲の人々の思惑に関係なく宇治に居座ることを決める。この場面の人々の「今日」の交錯する思いについては、第Ⅰ章第5節「せめぎ合う浮舟の「今日」」で詳述したが、人々のそれぞれの思いの「今日」がせめぎ合う情況の中で、匂宮の今のこの瞬間はどうしても離れたくないという切実な「今」へのこだわりが、「ただ今」と表現されるのである。浮舟は結局、匂宮の「今」への執着にとり込められていく。

ここで、浮舟のもとを出て行かないと意思決定した匂宮の心のありように注目したい。「ただ今」は、一瞬という偶然性に身を置いて生きる匂宮の感覚を際立たせる表現である。匂宮は常に中宮から見守られ、いつかは国を治めていかねばならない期待を負っている。(11) 匂宮は、そのような思惑に取り込まれる以前の「今」の瞬間に生きることがすべてであった。匂宮にとっては、「今」を生きることしか許されない。「今」という瞬間を全的に生きる匂宮の生の輝きを、「ただ今」という時間表現に読み取ることができよう。「ただ今」という切り取られた時間は、周囲の人々を取り込み、浮舟と匂宮を力動的に切実に生かすことになる。

三　匂宮に共鳴する浮舟の「ただ今」

強烈に「ただ今」に執着して生きる匂宮に、浮舟は惹かれていくことになるが、二条院での接近の時から、「ただ今」を生きることを浮舟は余儀なくされる。

恐ろしき夢のさめたる心地して、汗におし漬して臥したまへり。（略）君は、ただ今はともかくも思ひめぐらされず、ただいみじくはしたなく、見知らぬ目を見つるに添へても、いかに思すらんと思ふにわびしければ、うつぶし臥して泣きたまふ。

（東屋⑥六六、六七頁）

その後匂宮と浮舟の恋は、雪の宇治川を渡り、対岸の家で一夜を過ごし、今の瞬時を生きることの恍惚を経験させる。その二人の「ただ今」に生を燃焼する生き方は、結局浮舟を追い込んでいくことになる。

君は、げに、ただ今、いとあしくなりぬべき身なめりと思すに、宮よりは、「いかにいかに」と、苔の乱るるわりなさをのたまふ、いとわづらはしくてなん。とてもかくても、一方一方につけて、いとうたてあることは出で来なん。わが身ひとつの亡くなりなんのみこそめやすからめ。昔は、懸想ずる人のありさまのいづれとなきに思ひわづらひてだにこそ、身を投ぐるためしもありけれ。ながらへばかならずうきこと見えぬべき身の、亡くならんは何か惜しかるべき。(略)など思ひなる。（浮舟⑥一八四、一八五頁）

薫の警固に囲まれた宇治の邸は、匂宮に入る余地を与えない。そういう情況の中で浮舟は、自分が「ただ今、いとあしくなりぬべき身なめり」と、「ただ今」は自分が破滅に向かう身のようだと思うようになる。これは先に「つひに、わが身はけしからずあやしくなりぬべきなめりと、いとど思ふ」（浮舟⑥一七七頁）や「まろは、いかで死なばや。世づかず心憂かりける身かな。かくうきことあるためしは下衆などの中にだに多くやはあなる、とて、うつぶし臥」（浮舟⑥一八二頁）す浮舟の身にたどられていたものである。これらの思惟や言葉は、自分の身の破滅の予兆を受け止めようとする浮舟の姿であったのだ。

匂宮の「ただ今」を生きる生き方が浮舟を抜き差しならない情況に追い込んでいく。[12] その結果浮舟は、「わが身ひとつの亡くなりなんのみこそめやすからめ」と、自死こそが自分が高貴な身である証との自覚を持つようになり、生きていれば「かならずうきこと見えぬべき身」と、その身の破滅の様相を思うようになる。浮舟の「ただ今」は、匂宮とともに生きるという方向性は閉ざされており、独りで死んで行かねばならない「身」を自覚するものであった。

このように我が身が追い込まれていく浮舟の「ただ今」という時間の捉え方を、薫の「ただ今」と比較してみよう。

男は、過ぎにし方のあはれをも思し出で、女は、今より添ひたる身のうさを嘆き加へて、かたみにもの思はし。山の方は霞隔てて、寒き洲崎に立てる鵲の姿も、所がらはいとをかしう見ゆるに、宇治橋のはるばると見わたさるるに、柴積み舟の所どころに行きちがひたるなど、ほかにて目馴れぬことどものみとり集めたる所なれば、見たまふたびごとに、なほ、その昔のことのただ今の心地して、いとかからぬ人を見かはしたらむだに、めづらしき中のあはれ多かるべきほどなり。（浮舟⑥一四五頁）

二人の対座場面において、薫の「ただ今」は、「その昔のことのただ今の心地」と、そのベクトルが過去に向いている。薫は浮舟と対座しているのだが、心は大君との過去に遡及していく。それに対して、同じ空間にいる浮舟の時間は、「今より添ひたる身のうさを嘆き加へ」と、「今」以後に増してくるであろう憂愁に閉じ込められる。向かい合っている二人は同じ場にいて、逆の方向性を持った時間の中にいる。形は向かい合っているのであるが、すれ違っていく二人が、この場面の時間のベクトルのありようからも、窺い知ることができよう。

この場面では、浮舟の「ただ今」は、自分の身が追い込まれていく時間として表現され、薫の「ただ今」は、鷲田清一が、「口では「過去」と言っているが、それはほんとうは過去の出来事なのではない。（略）それはいまもわたしのどこかで疼いている。そう、いつまでも過去になってくれない出来事、「いま」から滑り落ちていってくれない出来事である」と述べるように[13]、まさに「滑り落ちてくれない過去」へ向かう時間として表現される。

浮舟が匂宮と対岸の隠れ家に行った時、「かの岸にさし着きて下りたまふに、人に抱かせたまはむはいと心苦しければ、抱きたまひて、助けられつつ入りたまふを、いと見苦しく、何人をかくもて騒ぎたまふらむと見たてまつる。(略)網代屏風など、御覧じも知らぬしつらひにて、風もことにさはらず、垣のもとに雪むら消えつつ、今もかき曇りて降る」(浮舟⑥一五一頁)と今も降り続く雪がすべてを消し去っていった二人の逢瀬の時間のように、薫とは「ただ今」の時間を共有できない。二人の時間の質の齟齬が、二人の関係を、崩壊へと導いていく要因たり得るのも、「ただ今」という時の表現内容から分かる。薫との時間を共有できない浮舟は、匂宮との瞬時の「今」には生きることができたのである。

四 「ただ今」を選び取った浮舟とその周囲

このように浮舟は、匂宮との「ただ今」を生き、自死の道を選ぶことを余儀なくされたのであるが、その母中将の君の言葉にも、「ただ今」が表現される。母中将の君が宇治の浮舟のもとを訪れた場面を、見てみよう。


「後は知らねど、ただ今は、かく、思し離れぬさまにのたまふにつけても、ただ御しるべをなむ思ひ出できこゆる。宮の上の、かたじけなくあはれに思したりしも、つつましきことなどのおのづからはべりしかば、中空に、ところせき御身なりと思ひ嘆きはべりて」と言ふ。

(浮舟⑥一六六頁)

母中将の君は、「後は知らねど」と、後、すなわち将来的なことは考えないで「今」のことを考えている。そして、「ただ今、かく、思し離れぬさまに」薫の庇護を受けていることへの満足を、弁の尼がその「しるべ」となってくれたこととして感謝する。薫の庇護に満足し、匂宮との間に何事かがあったとしたら母子の縁を切ると明言する母に、浮舟は「いとど心肝もつぶれぬ」（浮舟⑥一六七頁）と反応する。

ここでは、浮舟とその母は、異なった位相を生きている。母の言葉の「ただ今は」は、浮舟の現在を誤解した上に成り立っている。しかし、取り立てていう助詞「は」が伴われていることにより、今現在は、薫が「思し離れぬさまにのたまふ」ことによって、浮舟の幸せを確認しているのである。その時、「後は知らねど」と取り立てて言っていることによって、以後の不安を浮舟の母が予感していたことが分かる。浮舟とその母は異なった位相を生きているようで、感覚として根源的には繋がっていることが、この「ただ今は」の表現から読み取れよう。

次は、母の夢に浮舟が現れ、しかも、昼寝の夢に不吉な前兆を見た「ただ今」である。

寝ぬる夜の夢に、いと騒がしくて見えたまひつれば、誦経所どころせさせなどしはべるを、やがて、その夢の後、寝られざりつるけにや、ただ今昼寝してはべる夢に、人の忌むといふことなん見えたまひつれば、おどろきながら奉る。よくつつしませたまへ。（略）

とて、その料の物、文など書き添へて持て来たり。限りと思ふ命のほどを知らでかく言ひつづけたまへるも、いと悲しと思ふ。（浮舟⑥一九四、一九五頁）

手紙に記された「ただ今」には、浮舟の母が夢を見た時が今現在であることを示し、そう表現されることによって、その不安の切実さが読み取れよう。母と子の血のつながりが、自分の娘のこれから先の不安を予知させたとでもいえようか。母は、娘の死を夢によって予感している。それは、「寝ぬる夜の夢に、いと騒がしくて見えた」のである。そしてまた、それに付け加えて、「ただ今昼寝してはべる夢に」、「人の忌むといふこと」を、母は見て胸をつかれる。夢を見たという偶然性によつて、浮舟の死を予感する母の「ただ今」である。鈴木裕子が、「苦悩する母――娘の人生を「所有」する母」で、母と娘が繋がっていそうで結局は切れていってしまう関係性を指摘する[14]が、母の娘を思う気持ちと娘の母を思う気持ちは、浮舟の場合、それぞれはバラバラではあるけれど、それが同時に「ただ今」のこととして繋げられていることに、運命的なものが感じ取られる。

一方、浮舟の消えた宇治では、その死を隠す右近と侍従が語られる。

いかなる人か率て隠しけんなどぞ、思し寄せむかし、生きたまひての御宿世はいと気高くおはせし人の、げに亡き影にいみじきことをや疑はれたまはん、と思へば、ここの内なる下人どもにも、今朝のあわたたしかりつるまどひにけしきも見聞きつるには口かため、案内知らぬには聞かせじなどぞたばかりける。ながらへては、誰にも、静やかに、ありしさまをも聞こえてん。ただ今は、悲しささめぬべきこと、ふと人づてに聞こしめさむは、なほいといとほしかるべきことなるべし、とこの人二人ぞ、深く心の鬼添ひたれば、もて隠しける。

（蜻蛉⑥二一三、二一四頁）

浮舟の女房の右近と侍従は、その死を隠すことに奔走する。この場面には、消えた浮舟の事情を消そうとする女房たちの「ただ今」の時間が語られる。それは、失踪の内実を人に知られないように画策する右近と侍従の「ただ今」である。遺骸なき葬送を行ったことを隠そうとする「ただ今」、それは、浮舟の死の事情に立ち入られることを拒み、死の悲しみだけを人々に残そうとする「ただ今」である。

このような浮舟の周囲の人々の思惑とは関係なく、浮舟は、横川の僧都の妹尼一行に助けられるのである。死を希求したのにもかかわらず助かった浮舟は苦悩し、自分の意思で出家を遂げることができた。その直後の時間が、「ただ今」という時の表現とともに語られる。

みな人々出でしづまりぬ。夜の風の音に、この人々は、「心細き御住まひもしばしのことぞ、いまいとめでたくなりたまひなんと、頼みきこえつる御身を、かくしなさせたまひて、残り多かる御世の末を、いかにせさせたまはんとするぞ。老い衰へたる人だに、今は限りと思ひはてられて、いと悲しきわざにはべる」と言ひ知らすれど、なほ、ただ今は、心やすくうれし。世に経べきものとは思ひかけずなりぬるこそはいとめでたきことなれと、胸のあきたる心地したまひける。（手習⑥三四〇頁）

「ただ今は、心やすくうれし」「胸のあきたる心地」と、出家直後の晴れ晴れしい瞬間が「ただ今は」と表現され、解放感があったことが語られる。この時間は、過去から続いてきた浮舟の苦悩をここで一端断ち切り、新しい生へ向かわせるかに見える表現である。「ただ今は」の「は」には、「ただ今」という時間の一瞬を際立たせることにより、その一瞬だけは確かに「心やすくうれし」であったことを示す。この表現には、浮舟が出家以前も不安定な状況にあり、以後も不安な人生が待ち受けていることが暗示されていよう。

確かに浮舟物語は、「ただ今」だけではなく、多くの「今」表現とともに語られる。出家の後も、「「（略）今は、かくて、限りつるぞかし」と書きても、なほ、みづからいとあはれと見たまふ」（手習⑥三四一頁）と自分の手習を前に逡巡したり、中将の歌に「もののあはれなるをりに、今は、と思ふもあはれなるものから、いかが思さるらん」（手習⑥三四二頁）と反応する浮舟であった。そういう浮舟の現状が分かったのか、帰山の途中で立ち寄った僧都は「今は、ただ、御行ひをしたまへ」（手習⑥三四八頁）と勤行に「今は」集中せよと浮舟に言う。さらに「今日は、ひねもすに吹く風の音もいと心細き」（手習⑥三四九頁）日であり、「あはれ山伏は、かかる日にぞ音は泣かるなるかし」（手習⑥三四九頁）との僧都の言葉を聞いて、「我も、今は、山伏ぞかし。ことわりにとまらぬ涙なりけり」（手習⑥三四九頁）と、山伏と同じような身になった我が身を思う出家後の寂しい心細い浮舟の日常が語られる。このような浮舟の「今」が多く語られている中で、「今」を強調した瞬間にきらめくことに集中する生への迫り方の「ただ今」が、響いてくるのである。

以上、過去を捨て去った出家直後の浮舟の「ただ今は」は、その苦悩が重く苦しかっただけに、解放の一瞬を切り取るものとして機能しているはずであるが、残された母や女房の右近や侍従の一方的な「ただ今」によって、かたどられているのも事実である。浮舟は浮舟でまた、新たに再生した「ただ今」を生きており、際やかに対立している。異なる食い違った「ただ今」、すれ違った「ただ今」がずれながら、浮舟と周囲の人々の位置を、明らかにしているのである。

結びに

皇位継承者として据えられて自由が利かなくなってしまう以前の気楽な「ただ今」を生きる刹那的な匂宮に、浮舟は共鳴し埋没してしまう。夕霧の六の君や中の君との関係性の中で、浮舟にとっては匂宮との「今」を持続することは疑わしい。その危機的状況を生きる浮舟に、「ただ今」という時を表す表現が多用される。浮舟は宿木巻で、「ただ今」という時の表現とともに登場し、匂宮の接近、逢瀬に溺れる存在となる。その結果、匂宮と生きることをあきらめ、死を浮舟は決意する。その試みに失敗し、行き場がなくなって生き続けなければならない浮舟の「今」が語られる。

このような浮舟が、自分の意思で出家をする。それは、将来を考えると「ただ今」の圧力につぶされていくことへの逃避行動であったことが分かる。浮舟の物語の「ただ今」は、ほんの一瞬の浮舟の生の断念とその輝きを語っている。「ただ今」が用いられるのは、浮舟の一瞬がだらだらと続く時間ではなく、その一瞬に生きたいという思いを表すためである。しかも、「は」で「ただ今」が区切り取られて語られることは、「ただ今」が過ぎてしまうとどうなるか分からない浮舟自身の生への揺らぎがあったことを示してはいないか。「ただ今」は、内面になかなか立ち入って語られなかった浮舟の、切迫する生き方を余儀なくされた一瞬の思いの深さを語ろうとするものであった。

註

（1）『新編日本古典文学全集』宿木⑤四九二頁。
（2）石阪晶子「「起きる」女の物語」『源氏物語における思惟と身体』翰林書房、二〇〇四年、参照。
（3）橋本ゆかりは、「抗う浮舟物語――抱かれ、臥すしぐさと身体から」で、浮舟の抱かれ、臥す姿を読み解いているが、ここでは起き上がる浮舟像も描かれている。『源氏物語の〈記憶〉』翰林書房、二〇〇八年、参照。

（4）第Ⅰ章第5節「せめぎ合う浮舟の「今日」」、本書九六頁参照。

（5）第Ⅰ章第4節「補完し合う中の君物語の「今」」において、稿者は「同時に並行する二つの異質の空間が、「今」という表現によって繋げられ、相互に補完し合うこと」によって進行する中の君物語の「今」を考察した。本書七四頁参照。

（6）浮舟に関わる「ただ今」という表現は、本章に用例として挙げたものの他に、「ただ今思しわづらひてなむ」（東屋⑥二六頁）、「げにただ今のありさまなどを思へば」（東屋⑥五五頁）、「ただ今、もののしげにてかの宮に迎へ据ゑんも音聞き便なかるべし」（東屋⑥九八頁）、「ただ今なんまかり帰りはんべりつる」（浮舟⑥一八二、一八三頁）、「ただ今ものおぼえず」（蜻蛉⑥二〇五頁）、「ただ今は、さらに思ひしづめん方なきままに」（蜻蛉⑥二一六頁）、「ただ今食ひてむとするとぞおぼゆる」（手習⑥三三〇頁）がある。

（7）三田村雅子「もう一つの「和泉式部日記」――詞書から読む日次歌群――」『玉藻』第四二号、二〇〇七年三月。

（8）このことについては、助川幸逸郎「匂宮の社会的地位と語りの戦略」――〈朱雀王統〉と薫・その1――」（『物語研究』第四号、二〇〇四年三月）、縄野邦雄「東宮候補としての匂宮」（『人物で読む『源氏物語』第十八巻――匂宮・八の宮』二〇〇六年、勉誠出版）、辻和良「明石中宮と「皇太弟」問題――「源氏幻想」の到達点――」『源氏物語重層する歴史の諸相』（竹林舎、二〇〇六年）に詳しい。

（9）新編全集では、「匂宮の弟宮」と指摘し（東屋⑥六五頁、頭注（二七））、桜井宏徳は、「現在では、今上帝の明石の中宮腹の皇子で、匂宮の同母弟に当たる五の宮と同一人物ではないかとする見方が有力である」としながら、その説へ疑義を呈して「五の宮ではなく二の宮こそが中務宮である」と結論づける（「宇治十帖の中務宮――今上帝の皇子たちの任官をめぐって――」『中古文学』第九三号、二〇一四年五月）。この場面でその宮が明石中宮のもとに参上していることは、匂宮が即参上しなければならないことが分かる。

（10）註（3）参照。

（11）註（8）参照。

(12)『新編日本古典文学全集』浮舟⑥一八一頁の頭注（三二）に、「浮舟は高貴の生れの身で」とある。
(13)鷲田清一『「待つ」ということ』角川選書、二〇〇六年、二〇、二一頁。
(14)鈴木裕子「苦悩する母――娘の人生を「所有」する母」『『源氏物語』を〈母と子〉から読み解く』角川書店、二〇〇五年、参照。

Ⅱ　衣食住から見た物語の身体

衣 1「単衣」を「ひきくくむ」落葉の宮――夕霧の衣との比較から――

はじめに

夕霧巻には、雲居雁との平穏な生活を営んでいた夕霧が、親友柏木の未亡人、落葉の宮に恋をし、結婚に至る物語が語られる。落葉の宮は、小野の山荘を訪れた夕霧に、重篤の母御息所の名代として対面をする。

まだ夕暮の、霧にとぢられて内は暗くなりにたるほどなり。あさましうて見返りたるに、宮はいとむくつけうなりたまうて、北の御障子の外にゐざり出でさせたまふを、いとようたどりて、ひきとどめたてまつりつ。御身は入りはてたまへれど、御衣の裾の残りて、障子はあなたより鎖すべき方なかりければ、引き閉てさして、水のやうにわななきおはす。（略）渡りたまはむとて、御額髪の濡れまろがれたるひきつくろひ、単衣の御衣ほころびたる着かへなどしたまても、とみにもえ動いたまはず。

（夕霧④四〇五、四二〇、四二一頁）

日が暮れていき、霧に閉ざされた山荘で、ただならぬ夕霧の気配を察し、落葉の宮は「北の障子」より逃れようとする。しかし、襖を隔ててではあるが、その裾を夕霧に捕らえられた落葉の宮は、汗を流してわななき困惑する。落葉の宮の「単衣のほころび」とは、障子の外側に「ひきとどめられた御衣の裾」か、その後の「はかなう引き寄せ」（夕霧④四〇九頁）られた時の単衣の縫い目がほどけたものであろう。縫い目がほどけた状態の単衣を身につけたままで、落葉の宮は夕霧と二人で明け方近くまで時を過ごしたことになる。

夕霧の接近が落葉の宮の身体に違和感を感じさせたことは、汗によって額髪が濡れて丸くなっている痕跡によっても分かるが、「単衣の御衣」がほころんでいたことは、見落とせないことである。『源氏物語』において、「ほころぶ」の用例は十二例あり、その内、衣関係は二例、衣の縫い目がほどける意味の「ほころぶ」は、落葉の宮のこの場面のみである。夕霧の自己抑制のきかない情動によって「ほころんだ」単衣が、この場面にあえて描かれていることに、意味があるのではなかろうか。

従来、衣は、歴史的民俗学的視点から研究され(1)、また、人間の関係性における視点を持った研究も進められてきた(2)。そうした衣の研究の中で、単衣はそれほどとりたてては着目されていなかった(3)。実際、『源氏物語』において、落葉の宮関係の衣装描写は多く(4)、特に、夕霧巻の衣描写は、単衣であることに重い意味がある。「単衣」についての表現は数的にも、夕霧巻は着目しているようだ。その巻の「単衣」は、『源氏物語』の全用例一八例中、三例であり、内訳は、落葉の宮に二例、雲居雁に一例が見られる。「単衣」の言葉がない場合でも、単衣を示す「御衣」「衣」などの表現は、夕霧巻では七例を数えることができる。本章では、「単衣」という視点から、落葉の宮のあり方を考えてみたい。

一　単衣の特性

そもそも「単衣」とは、『有識故実大事典』には、「裏のない一重の衣服の総称。夏装束の大部分は、裏をつけぬ一重の薄物から構成される」(5)とある。古くは、奈良時代の『正倉院文書』に「単衣」が記され(6)、単衣が布施として奉納され、様々な物に利用されたことが推察される。また、『御堂関白記』にも、上位から下位の者への贈与のかづけものとしての記録が見られることから、[7]その単衣の機能は平安時代にまで及んでいたと考えられる。

しかし、たとえば、『拾遺和歌集』の「夏衣薄きながらぞ頼まるゝ一重なるしも身に近ければ」（恋三、八二二、よみ人知らず）の歌に見られるように、「身に近けれ」すなわち「肌に近く隔てが少ない」衣、[8]肌着として単衣は用いられていたと考えられる。

そうした肌着としての機能を持ちながらも、平安装束の有職故実書である『満佐須計装束抄』（三）には、たとえば「女ばうのさうぞくのいろ」の項の「うらこきすはう。おもてはなからほどのすはうの。うらはこきすはうなり。あをきひとへ」[9]のように、単衣の色が詳述される。ここに記されている単衣は、いわゆる肌着の単衣と考えることができようが、単衣は単に肌着としての機能だけでなく、山藤宏子が『装束抄』について、「重ね色目を枚挙してある事からも色調美、対比美をたくみにとり入れていた点が察しられる」[10]と指摘するごとく、色調美、対比美を表すものであった。

さて、本章で対象とする夕霧巻における「単衣」も、肌着のそれとしてよいだろう。[11]落葉の宮は、肌着の単衣を、「御衣のほころびたる着がえ」などしていると語られる。しかしながらここで着替える単衣は、肌着という定義にはとどまらないありようを負っていたのではなかろうか。それについては、後述する落葉の宮の単衣の例を検証することによって明らかにしたい。

肌着にはとどまらない単衣の特性を、『落窪物語』の姫君と少将が契った後朝の場面に着目して考えてみよう。

臥したまへれば、女、死ぬべき心地したまふ。単衣はなし。袴一つ着て、所どころあらはに、身につきたるを思ふに、〈いといみじ〉とはおろかなり。涙よりも汗にしとどなり。男君もそのけしきを臥し見たまひて、いとほしうあはれに思ほす。（略）少将、起きたまふに、女の衣もひき着せたまふに、単もなくていとつめたければ、単を脱ぎすべし置きて、出でたまふ。女いと恥づかしきこと限りなし。

（『落窪物語』四一、四三頁）

この場面の後朝で「女」が「死ぬべき心地」がしたことは、「単衣はなし」と説明され、女君の衣の状態が「〈いといみじ〉とはおろかなり」と、「死ぬべき心地」がした理由を明らかにしている。そのひどい状態に、つらい思いを抱いていることが表現される。もちろん袴が破れて肌が所々見えていたこともつらい思いを加速させたであろうが、特に「単衣はなし」「単もなくて」と、二度繰り返される構図は、女の単衣がないことを確認させる意味合いを持つ。

その姫君を見て、少将は自分の単衣を与える。そのことによって姫君は、自分の置かれている立場を認識する。継母は落窪の姫君に単衣を与えていなかったということである。落窪に住まわせられ、単衣を与えられていなかった落窪の姫君も、この時までは他の人に対したことがなかったのだ。少将と契った時、初めて他人と対したことに落窪の姫君はなったのである。その後朝（衣衣）に少将から単衣を与えられた時の「女いと恥づかしきこと限りなし」は、姫君が初めて他人に接し、単衣を身につけていなかったことに恥じ入る様子である。

以上のように、厳しい立場に置かれている落窪の姫君の単衣には、肌着を越えた単衣のあり方が示されている。それは身体と近しいものに関わっているのだろう。だからこそ、単衣は美しく整えられようともし、上位から下位への贈与の品物ともなり得、それを身につけていないことは羞恥心を呼び起こすことになるのである。

このように考えれば、単衣は単なる肌着にはとどまらない。他人や社会に対する時、それは、その人の肌に最も近いものなのである。この単衣の意義を踏まえながら、『源氏物語』の単衣を考察したい。

二　『源氏物語』における単衣

さて、身体に近い存在の単衣が表現として『源氏物語』に選び取られた時、それは何を語ろうとしているのか。単衣は、空蟬、紫の上、玉鬘、落葉の宮、夕霧、源氏、雲居雁、中将の君、宇治の姫君（中の君だけのものもあり）、女一の宮、匂宮、浮舟に見られるが、その多くが、単衣を身につけた美しさとして描かれている。たとえば、源氏の「羅の直衣、単衣を着たまへるに、透きたまへる肌つき」（賢木②一四二頁）、雲居雁の「羅の単衣を着たまひて臥したまへるさま、暑かはしくは見えず、いとらうたげにささやかなり。透きたまへる肌つき」（常夏③二三八頁）、女一の宮の「黄なる生絹の単衣、薄色なる裳着たる人」（蜻蛉⑥二四九頁）[12]、匂宮の「丁子に深く染めたる薄物の単衣をこまやかなる直衣に着たまへる」（蜻蛉⑥二五三頁）には、その透けて見える美しさが描かれ、中将の君の「萱草色の単衣、いと濃き鈍色に黒きなど」（幻④五三八頁）、宇治の姫君の「濃き鈍色の単衣に萱草の袴のもてはやしたる、なかなかさまかはりてはなやかなりと見ゆる」（椎本⑤二一七頁）には、喪服の単衣姿の美しさが表現され、浮舟の「白き単衣の、いと情なくあざやぎたる」（手習⑥三〇七頁）には、小野での様異なる白い単衣姿の

図1

美しさが語られる。

このように、『源氏物語』の単衣は作中人物たちの身に纏われた美しさを示すものであるが、空蟬、若紫、玉鬘の単衣はそれにとどまらない意味合いが認められるように思われる。たとえば、空蟬は、源氏の訪れを察知し、「生絹なる単衣をひとつ着てすべり出でにけり」（空蟬①一二四頁）と、隠れるのである。[13] その時、「ともかくも思ひ分かれず」（空蟬①一二四頁）という状態の中、無意識に単衣だけを掛けて部屋を出ている。それは、単衣が空蟬と切り離せないものになっていたことを表している。また、玉鬘は、秋になっているのに「四月の単衣めくもの」（玉鬘③一一〇頁）を着ていることに、その窮乏した境遇が窺われる。「時節柄いかにも不自然[14]」な単衣の描かれようが、不如意なその生活の様子を示しているのである。

同じように肌着にとどまらない意味合いを持つ若紫の単衣は、祖母の尼君が亡くなった後、源氏が若紫の邸を訪れ、一夜を過ごす場面に記される。

「寝なむといふものを」とて強ひてひき入りたまふにつきてすべり入りて、「今は、まろぞ思ふべき人。な疎みたまひそ」とのたまふ。乳母、「いで、あなうたてや。ゆゆしうもはべるかな。聞こえさせ知らせたまふとも、さらに何のしるしもはべらじものを」とて、苦しげに思ひたれば、（略）若君は、いと恐ろしう、いかならんとわななかれて、いとうつくしき御肌つきも、そぞろ寒げに思したるを、らうたくおぼえて、単衣ばかりを押しくくみて、わが御心地も、かつはうたておぼえたまへど、あはれにうち語らひたまひて、

（若紫①二四三〜二四五頁）

外は霰が降っており、ぞっとするほど恐ろしい夜に、源氏に近寄られてわななないている若紫は「いとうつくしき御肌つきも、そぞろ寒げに」と、鳥肌が立っている。藤井貞和はこの場面について、「確信できないけれども、「いで、あなうたてや。ゆ、しう……」という乳母の恐れは、初潮以前の女性を犯すことを不吉とし、タブーとする、古代心性につながる感情であろう(15)」と指摘するが、源氏はその若紫を素肌ではなく単衣を与えた上で触れていく。その時、単衣は身につけているが、若紫の「わななかれて、いとうつくしき御肌つき」を源氏は感じ取っている。単衣を介した手触りによって、若紫は源氏に確認されたのであった。身体に纏われた単衣はその人の最も身近にあるものとなっており(16)、それを介してもその人を認めることができるものなのである。北山で遠くから垣間見られた少女は、こうして単衣とともに「らうたくおぼえて」と、源氏に受けいれられていったのである。

以上、単衣は、美しさ、肌に近しい存在、生活のありようを示すなど、『源氏物語』においては、肌着にとどまらない描かれようである。

三　落葉の宮の単衣

『源氏物語』における単衣を考察してきたが、単衣は身につけられることによって、肌着を越えた意味があることが分かった。その意味とは、身につけられた単衣は、その人に近しいものとなるということである。それでは、落葉の宮の単衣がほころんだことは、どういうことを表しているのだろうか。

夕霧に「単衣」を捕らえられた落葉の宮は、単衣を身体から離さないようにする。源氏に迫られた空蟬は単衣を離せなかったし、薫に障子の中より袖を捉えられた大君も衣を脱いで逃れることはできなかった(17)。落葉の宮の場合も離さないというよりは、離せなかったのである。「御衣の裾の残りて」という状態になった時、衣を脱いで逃れることはできたのだが、人間として落葉の宮はそうはできなかった。単衣を離せなかったからこそ、単衣の縫い目がほどけてしまう。

さて、「単衣」が「ほころぶ」とは、縫い目がほどけることであり、たとえ外からは分からなくても、身体が感じることになる。三田村雅子は、「枕草子・〈ほころび〉としての身体」で、「ほころびる童」について「「社会的なもう一つの〈皮膚〉」である「衣装」の、着付け方、着こぼし方、乱し方、破れ方に、同じような包み、守る機能と、亀裂を穿ち、裂目を入れる機能の相剋」を指摘するが[18]、落葉の宮の単衣が「ほころぶ」ことは、その身体に裂け目が入ったことになろう。彼女は衣を障子の外側に「ひきとどめられた」り、自身を「はかなう引き寄せ」（夕霧④四〇九頁）られたりして、単衣の縫い目がほどけ、裂け目が入れられた状態であった。その人の身体に近しい単衣が、夕霧によって破られたのである。夕霧に気づかれているか否かは分からないが、落葉の宮自身が「ほころん」だことを深く感じたのであろう。なお、『源氏物語』における単衣が破れる表現は、落葉の宮においてのみである。落葉の宮は皇女であり、その皇女の単衣が破られるとは、人並み以上に傷ついたのではないだろうか。

その「ほころんだ単衣」を女君が脱ぎ替えたのは、夕霧とのことで意気消沈していたが、そうせざるを得ない情況が出てきたからである。つまり、母御息所に招聘されているという情況下で、単衣の縫い目がほどけている困惑が、落葉の宮に単衣を着替えさせたことになったのである。

夕霧と明け方近くまで時を過ごした心の動揺を抱えて、落葉の宮は母に対面するのである。母の方は、律師から事情を聞いて心配し、娘の事情すべてを知ろうとしている。ここでの着替えるとは、夕霧と関わった衣を脱ぎ、その痕跡を消そうとしたことになる。

その後、夕霧とのことを悲嘆した母御息所の死やその四十九日が語られ、落葉の宮は強引に一条宮に連れ戻された。その引越は結婚に繋がるものであり、落葉の宮は、夕霧に追い詰められて塗籠に籠もる。その時、単衣に「ひきくく」まって籠るのである。(19)

男は、よろづに思し知るべきことわりを聞こえ知らせ、言の葉多う、あはれにもをかしうも聞こえ尽くしたまへど、つらく心づきなしとのみ思いたり。「いと、かう、言はむ方なき者に思ほされける身のほどは、たぐひなう恥づかしければ、あるまじき心のつきそめけむも、心地なく悔しうおぼえはべれど、とり返すものならぬ中に、何のたけき御名にかはあらむ。言ふかひなく思し弱れ。思ふにかなはぬ時、身を投ぐる例もはべなるを、ただかかる心ざしを深き淵になずらへたまて、棄てつる身と思しなせ」と聞こえたまふ。単衣の御衣を御髪籠めひきくくみて、たけきこととは音を泣きたまふさまの、心深くいとほしければ、
（夕霧④四七八、四七九頁）

「男は」と語られる夕霧は、「思し知るべきことわり」、つまり、自分と結婚しなければならない道理を落葉の宮に「聞こえ知らせ」「聞こえ尽くし」、納得させようとする。それに対して「宮は」であるが、「つらく心づきなしとのみ思いたり」と語られる。最初は説得しようとした夕霧であるが、落葉の宮のかたくなな態度に、「思し弱れ」「思しなせ」と命令するようになる。追い詰められた落葉の宮は、単衣をひきかぶって身を守るのである。「単衣の御衣を御髪籠めひきくくみ」とは、夕霧の重圧、縛り、囲い込みの中で、皇女としてのありようを守る凄絶な落葉の宮の姿だったのではあるまいか。夕霧に迫られてどうすることもできなくなった落葉の宮の最後の砦として、単衣が表現されている。落葉の宮がこだわったのは単衣であり、その禁域を守る所作として、「ひきくくむ」単衣描

写がなされている。初冬の十月の塗籠で、落葉の宮の単衣は、これまでの夕霧との恋のいきさつから傷つけられた心をくるむかのように、強く引きかぶられている。

以上、落葉の宮の単衣は、肌着の意味合いを越えたものとして描かれる。それは、自分の領域を作るためのものでもある。破れた時は単衣の単なる破れではなく、心に裂け目が入れられたと感じ、それを着替える。単衣は肌に一番近く、着る人と切っても切れない存在として語られる。

四　落葉の宮、雲居雁、夕霧の単衣の位相

落葉の宮は単衣を「ひきくく」んで塗籠へ籠ったのであるが、改築されたふるさと一条宮に引越をさせられる折に、落葉の宮はその後の婚礼に繋がる「あざやかなる御衣ども」（夕霧④四六三頁）に、人々によって着替えさせられる。[20]人々は、落葉の宮の肌着まですべてを着替えさせて、婚礼に臨ませようとしたと考えられるが、そうであるからこそ、落葉の宮は「我にもあらず」と自分が自分ではない感覚になっている。「いとわりなく」という情況の下で、他人の思惑によって着替えさせられる位相に、落葉の宮の婚礼の「あざやかなる御衣ども」は置かれている。

その「あざやかなる御衣ども」とは、婚礼の衣であるが、その「衣ども」には、単衣が含まれていたと考えられる。それは、夕霧の婚礼に向かう衣装と対照することによって分かる。

なよびたる御衣ども脱いたまうて、心ことなるをとり重ねてたきしめたまひ、めでたうつくろひ化粧じて出でたまふを灯影に見出だして、忍びがたく涙の出で来れば、脱ぎとめたまへる単衣の袖を引き寄せたまひて、

（夕霧④四七五頁）

夕霧は、日常の一齣のように「なよびたる御衣ども」を脱ぎ、結婚のための「心ことなるをとり重ねてたきしめ」た衣に着替えて、落葉の宮のもとへ行こうとする。その姿に、雲居雁は夕霧の「脱ぎとめ」た「単衣の袖を引き寄せ」て泣くのである。(21)この場面の「脱ぎとめたまへる単衣」の表現により、夕霧の着替えた「御衣ども」には、単衣が入っていたのである。つまり、婚礼に臨む時には、単衣までをも着替えることが分かり、落葉の宮の「あざやかなる御衣ども」にも、単衣が入っていたと考えられる。(22)

さて、夕霧は単衣を着替えたのであるが、雲居雁は自分の単衣ではなく、契りを結んでかけあい二人を包んでいた夕霧の単衣に、涙を流している。この描写には、日常的に単衣で泣くことと、特別な思いが籠もっている夕霧の単衣に涙することが合わされて語られている。男と女が掛けあって眠った「衣衣（後朝）」の単衣を「引き寄せる」とは、雲居雁が夕霧の肌近くの存在としての単衣に強く執着したことを表す。落葉の宮のもとへ早く行こうとして、何の執着もなく脱いだ夕霧の単衣に対して、雲居雁の単衣への思い入れは、その「単衣の袖を引き寄せ」て泣く行為に表われている。このように、雲居雁と落葉の宮の二人の女君は、単衣を身体に近しいものとして大切にしていることが分かる。

一方、夕霧は、日常性の一齣としていとも簡単に衣を脱ぎ替えていく。

かやうの歩きならひたまはぬ心地に、をかしうも心づくしにもおぼえつつ、殿におはせば、女君のかかる濡れをあやしと咎めたまひぬべければ、六条院の東の殿に参でたまひぬ。（略）しばしうち休みたまひて、御衣脱ぎかへたまふ。常に夏冬といときよらにしおきたまへれば、香の御唐櫃より取う出て奉りたまふ。御粥などまゐりて、御前に参りたまふ。（夕霧④四一三頁）

落葉の宮の心を開くことができず、小野から帰ってきた夕霧は「女君のかかる濡れをあやしと咎めたまひぬべければ」とあるように、朝露に濡れた衣を雲居雁に怪しまれないように着替えようとして、花散里のもとへいくのである。そこで「しばしうち休みたまひて」、夕霧は衣を着替えるのである。夕霧には、落葉の宮と雲居雁の緩衝地点に、花散里という衣を脱ぎ替える場所があり、そこは日常生活の衣を着替える場にもなっている。

落葉の宮や雲居雁にとっては肌着を越えた意味を持つ単衣が、夕霧にとっては「御衣ども」として一くくりとして捉えられ、それは日常の肌着に過ぎないものになる。『九條殿遺誡』には藤原師輔の遺誡が示されているが、起床してから行わなければならないこととして、「次有下可二出仕一事上。即服二衣冠一不レ可二懈緩一（次に出仕すべきことあれば、衣冠を服て懈緩るべからず）[23]」と、着衣のことが叙せられている[24]。夕霧は、この日常に身を置いて、行動していたのである。

有能な官吏である夕霧が、単衣についても日常性の中にいたことは、二人の女君との板挟みになった時、女君の「御衣をひきやる」行為で解決していく様子に窺い知れる。二人の女君との事の解決の様子を、対比してあげてみる。

・女君は、帳の内に臥したまへり。入りたまへれど目も見あはせたまはず。つらきにこそはあめれと見たまふもことわりなれど、憚り顔にももてなしたまはず、御衣を引きやりたまへれば、（略）いとつれなく言ひて、何

くれとこしらへきこえ慰めたまへば、　　　　　　　　　　　　　　　　（夕霧④四七二、四七四頁）
・内は暗き心地すれど、朝日さし出でたるけはひ漏り来たるに、埋もれたる御衣ひきやり、いとうたて乱れたる御髪かきやりなどして、ほの見たてまつりたまふ。　　　　　　　　　　　　　　　（夕霧④四八〇頁）

前者は、落葉の宮のもとから帰り雲居雁と仲直りをする場面であり、後者は、塗籠で落葉の宮と結ばれる場面である。単衣を女君は「守ろう」とし、夕霧は「それを脱がそう」として相剋する意識があったであろうが、結局は「御衣を引きやる」夕霧の行為に収斂されて、事は解決する。(25) しかも、この雲居雁と落葉の宮の両場面の「御衣を引きやる」行為は、近接して描かれている。

なお、それぞれの単衣への思いの違いは、女君の側から描かれる場合は、「単衣の御衣」「単衣の袖」となっており、夕霧の場合は、「御衣」と一くくりにして描かれることからも窺われよう。そして、夕霧の単衣の位相は、日常の一駒として、自分の衣を「脱ぎ替える」ことと女君の衣を「引きやる」ことにある。女君が着た人そのものとして大切にする単衣も、夕霧にとってはすべて「御衣」に含まれているのである。

落葉の宮、雲居雁、夕霧の単衣の位相は、夕霧の単衣が常に日常性にあるのに対して、落葉の宮、雲居雁の単衣に対する思いは、着た人の肌に近しいものとして大切にしていることである。

結びに

単衣は肌着であるが、物語に描かれた時、それは単なる肌着ではなく。特別な意味合いを伴ってくる。単衣は肌に近い存在であるから、その人自身となっているともいえよう。落葉の宮の単衣が「ほころ」んだ時は、宮は肌に裂け目が入れられたように感じ、それを着替える。落葉の宮が夕霧を逃れて塗籠に籠った時も、それまでの夕霧との恋で傷つけられた心をくるむかのように、単衣が強く引きかぶられていた。落葉の宮の単衣は、肌に一番近く、宮と切っても切れない関係にあったのである。

その単衣に落葉の宮が執着するのに対して、夕霧にとっての単衣は、他の衣と同様に「御衣」として捉えられ、日常性の中にある。そのような違いが出てくるのは、それぞれの人の生きている次元の違いが、単衣の捉え方に関わっているからである。

「単衣」という日常誰もが、肌着として着用する衣の描かれ方を考察した。落葉の宮、雲居雁と夕霧の「単衣」への執着の仕方の違いが、その人物そのもの、そしてその関係性を表現しているのである。

註

（1）谷田閲次・小池三枝共著『日本服飾史』（光生館、一九八九年）、吉村佳子「源氏物語の服飾」（『源氏物語講座第七巻 美の世界・雅びの継承』勉誠社、一九九二年）、河添房江編『王朝文学と服飾・容飾』（竹林舎、二〇一〇年）などに詳しい。

（2）本書・序章註（4）に詳述した。

（3）なお、河添房江は光源氏の下着の「白の衣のエロティズム」を解き（「桜衣の世界」『性と文化の源氏物語 書く女の誕生』筑摩書房、一九九八年、七六頁）、三田村雅子は浮舟の肌着姿を読み解く（「浮舟物語の〈衣〉――贈与と放棄――」『源氏物語 感覚の論理』有精堂出版、一九九六年）。これらの論考は、三田村雅子の『とはずがたり』の二条の単衣への思考を受け継いだものである（「『とはずがたり』の贈与と交換――メディアとしての衣装――」『物語とメディ

ア』〈新 物語研究1〉有精堂出版、一九九三年)。

(4) 池田節子は「『源氏物語』第二部の服飾――衣装の色および「あざやか」の意味するもの――」註(1)『王朝文学と服飾・容飾』)で、衣装表現が落葉の宮関係に多いことを指摘する。

(5) 吉川弘文館『有識故実大事典』の「ひとえ」の項による(一九九五年)。

(6) 『正倉院文書事項索引』によれば、「單衣」は、三三例、他「褌衣」「布單衣」などの「單衣」の項と重複するものを除くと、一四例認められる(吉川弘文館、二〇〇一年)。

(7) 東京大学史料編纂所『大日本古記録 御堂関白記上』(岩波書店、一九五二年)、同『御堂関白記中』(一九五三年)、同『御堂関白記下』(一九五四年)によると、九例認められる。

(8) 和歌文学大系『拾遺和歌集』の当該歌の脚注、明治書院、二〇〇三年。

(9) 「満佐須計装束抄」『群書類従』第八輯、続群書類完成会、一九八〇年。

(10) 山蔭宏子の『装束抄』についての「かりぎぬのいろいろやうやう」を例としての指摘である(「平安時代着付の一考察――「ほころび」について――」『風俗』二巻四号、一九六二年一二月)。

(11) なお、単衣は、袿、袴、袍などの諸服に、「単」の字を冠して見られる記述もあるが、ここではその例は除いた。単衣がそのまま上着として夏季に用いられる表現「単衣」例は、対象とした。

(12) この情景の女一の宮が薫を動かす原動力になっていることを、小嶋菜温子は「女一宮物語のかなたへ――王権の残像」で指摘する(『源氏物語批評』有精堂出版、一九九五年)。

(13) 堀江マサ子「『源氏物語』空蟬の単衣と小袿の位相――空蟬の苦悩と尊厳――」(フェリス女学院大学『日文大学院紀要』第一八号、二〇一一年三月)参照。

(14) 武田早苗「玉鬘」鑑賞欄『源氏物語の鑑賞と基礎知識』至文堂、二〇〇〇年一〇月、一〇一頁。

(15) 藤井貞和「情交の成立、不成立」『タブーと結婚――「源氏物語と阿闍世王コンプレックス論」のほうへ』笠間書院、二〇〇七年、一五頁。

(16) 宿木巻で、中の君が薫に触れられて単衣に残った移り香を消そうと「単衣の御衣なども脱ぎかへたまひてけれ」(宿木⑤四三五頁)と、脱ぎ替えたのは、単衣が中の君にとっては肌に近しい存在で自分自身と認識されていたからであろう。しかし、実際は匂宮に気づかれてしまっている。

(17) 大君の場合は「障子の中より御袖をとらへて、引き寄せていみじく恨むれば」(総角⑤二六四頁)とあり、単衣の袖もその中に入っていたかと考えられる

(18) 三田村雅子「枕草子・〈ほころび〉としての身体」『日本文学』第四三巻第六号、一九九四年六月。

(19) 新編日本古典文学全集『源氏物語』④「夕霧」の頭注(一九)には、「引かづきたる様なるべし」(湖月抄、師説)。単衣を頭からかぶってうつぶし、髪も体も見えないようにすることか。「くぐ(屈)む」として、かがむ、の意とする説もある」と記される(四七九頁)が、『源氏物語』の他の「くくむ」の用例、夕顔巻「上蓆に押しくくみて」(夕顔①一七二頁)や若紫巻「単衣ばかりを押しくくみて」(若紫①二四五頁)の例から勘案して、『湖月抄』のように解釈する。

(20) 「あざやかなる御衣ども」の「あざやか」について、池田節子は註(4)の注17で「服喪中であるから、色彩についてではなく、新しいことをいうものであろう」と指摘する(四九二頁)。

(21) 『蜻蛉日記』下巻の天禄三年二月の件、兼家と兼忠女の間の娘を養女として引き取り、兼家と対面させる場面に、「単衣の袖、あまたたび引き出でつつ泣かるれ」(二八六、二八七頁)とあり、道綱母は、単衣の袖で幾度も涙を拭いていることが分かる。平安当時、涙は単衣の袖で拭かれていたと考えられる。

(22) 落葉の宮が着替えさせられた時は、「御衣ども」であったが、その中の「単衣」だけを「ひきくく」むことになるのである。このことは、落葉の宮が「御衣ども」の中の単衣だけはそれを身に着けることによって自分のものとしたことになろう。

(23) 「九條殿遺誡」『群書類従』第二十七輯第四百七十五、続群書類従完成会、一九三一年。なお訓読は、日本思想大系『古代政治社会思想』による(岩波書店、一九七九年)。

(24) 木谷眞理子は、「夕霧巻と食」(『成蹊大学文学部紀要』第四三号、二〇〇八年三月)で、夕霧の食が日常性に則ってなされていたことを指摘するが、着衣も同じように日常生活の一駒だったのだろう。

(25) 実は「御衣を引きやる」男君の行為は、『源氏物語』では三箇所のみであり、女君を意のままにしたのは、夕霧だけである。

食2 「物聞こしめさぬ」落葉の宮——婚礼の食を軸として——

一　落葉の宮の婚礼の食

夕霧巻には、六つの食の場面がある。一つの巻に描かれる食の場面の数としては他の巻に較べて多く、その食の表現のされ方も際だっている。

実際に食に言及している落葉の宮と夕霧の婚礼の場面を、見てみよう。

御手水、御粥など、例の御座の方にまゐれり。色異なる御しつらひも、いまいましきやうなれば、東面は屏風を立てて、母屋の際に香染の御几帳など、ことごとしきやうに見えぬもの、沈の二階なんどやうのを立てて、心ばへありてしつらひたり。大和守のしわざなりけり。人々も、あざやかならぬ色の、山吹、掻練、濃き衣、青鈍などを着かへさせ、薄色の裳、青朽葉などをとかく紛らはして、御台はまゐる。（夕霧④四八一、四八二頁）

この婚礼の食は、「御粥など、例の御座の方にまゐれり」と、落葉の宮の居間に据えられる。[1]そのための「しつらひ」は、岩原真代が「夕霧の腹心大和の守は、吉凶両用の「しつらひ」をもって婚姻の場を整える」[2]と指摘するように、吉凶両用のものを用いている。実は、落葉の宮が引越をする前に夕霧が大和守に命じて、「あるべき作法めでたう、壁代、御屏風、御几帳、御座などまで思しよりつつ」（夕霧④四六一頁）、支度をさせていたのである。

具体的な室礼は、吉凶両用の「香染の御几帳など」の「ことごとしきやうに見えぬもの」と、少し地味めのものや「沈の二階」のようなものを立てて母御息所の喪中であることを隠し、「しつら」われている。喪を紛らわせるために「薄色の裳、青朽葉など」と、女房たちの衣装を工夫し、「あざやかならぬ色」の表現にあるように派手な色ではない衣に着替えさせて、「御台はまゐる」と、食事が二人の前に運ばれてくる。ここで落葉の宮が食べたか食べなかったかは、判然とされていない。しかし、婚礼の食が設けられており、夕霧が落葉の宮に食事を摂らせようとしていることは、確かである。「御粥など、例の御座の方にまゐれり」と「御台はまゐる」の食の描写に挟まれて、食の給仕の仕方、場所、雰囲気までが語られる。[3]

さて、『源氏物語』の「食」についての先行研究は、平安時代の食の実態[4]、そして、身体論的な視座[5]や食の思想[6]といった観点などからの研究がなされてきた。その中で、神野藤昭夫の考証初め多くは、『源氏物語』にはリアルな食の描写が少ないと指摘する。[7]

そうした食の研究史の中で木谷眞理子は、『源氏物語』のさりげない食の叙述が意味するものを、特に夕霧巻について考察し、「ことさら社会や家のルールに則って食事をし、食事をさせる夕霧は、そうすることで自らを守りつつ、一条宮を呑み込み自らに同化してしまう」[8]と、指摘する。結局は「同化してしまう」としても、婚礼という食の場における落葉の宮の姿を読み取ることが大事であろう。落葉の宮はこれまでおもに、皇女の結婚[9]や母娘の物語として論じられている。[10]これらの視点をも考慮に入れつつ、婚礼の場において見せた落葉の宮の違和感を読み取ることはできないだろうか。本章においては、落葉の宮と食の関係に注目し、その食の意味を考察したい。

二　夕霧巻の六つの食の場面

まず、夕霧巻の六つの食の場面を見てみよう。最初の場面は「御粥などまゐり」（夕霧④四一三頁）であるが、落葉の宮のいる小野から帰還した夕霧が、花散里のもとで粥を食べる場面である。他の五つの場面は、落葉の宮と雲居雁の食にかかわる場面であり、その最後のものが当該場面である。残る四つの場面では、落葉の宮と雲居雁の食が描かれることとなるが、そのうち二場面が、落葉の宮に関するものである。

大殿油など急ぎまゐらせて、御台などこなたにてまゐらせたまふ。物聞こしめさずと聞きたまひて、とかう手づからまかなひなほしなどしたまへど、触れたまふべくもあらず、ただ御心地のよろしう見えたまふぞ、胸すこしあけたまふ。（夕霧④四二三頁）

御息所は、落葉の宮が「物聞こしめさず」と聞いて「手づから」給仕をして、食を摂らせようとするが、落葉の宮は「触れたまふべくもあらず」と語られる。もの思いによって食がのどを通らないという情況が、夕霧巻においては続いていることを、それは語るものであろう。

次に落葉の宮の食表現があらわれるのが、改築した一条宮に戻った折の場面である。

御設けなどさま変りて、もののはじめゆゆしげなれど、物まゐらせなどみなしづまりぬるに渡りたまて、少将

の君をいみじう責めたまふ。（夕霧④四六六頁）

この時、一条宮は、夕霧によって様変わりしていた。そのために落葉の宮は「さらに古里とおぼえず疎ましううたて」（夕霧④四六五頁）と思い、「とみにもおりたまはず」（夕霧④四六五頁）と牛車を降りなかった。それを人々は「いとあやしう若々しき御さまかな」（夕霧④四六五頁）と見たとされ、また、世間では「かく女の御心ゆるいたまはぬと思ひよる人もなし」（夕霧④四六六頁）と語られる。ただ語り手だけは「宮の御ためにぞいとほしげなる」（夕霧④四六六頁）とするが、それは世間の見方ではなかったのである。この場面はそれに続くものであり、その喪中の食を描くものである。「御設けなどさま変りて、もののはじめゆゆしげなれど」とあるように、結婚にあたっての準備が通例とは異なることが語られ、「物まゐらせなど」した後に夕霧が渡ってくるというのである。この時、落葉の宮が、それを口にしたか否かは語られることはない。しかし、車を「とみにもおり」ず、この後小少将によって「もの思し沈みて、亡き人のやうにてなむ臥させたまひぬる」（夕霧④四六六頁）と語られることは、それを考える上での大きな示唆となろう。

一方、そのような落葉の宮に対して、雲居雁の食はどうであろうか。「誰も誰も御台まゐりなどして、のどかになりぬる昼つ方」（夕霧④四三一頁）と、食事を家族で摂ったことによって「のどかに」なった食の場面が語られる。また、「昨日今日つゆもまゐらざりけるもの、いささかまゐりなどしておはす」（夕霧④四七四頁）と、夕霧が帰ってこなかった「昨日今日」は「つゆもまゐらざりける」食を、夕霧が帰ると「いささかまゐりなど」するようになる。雲居雁もまた、物思いによって食が口にできる状況でなかったことは確かであるが、それもわずか数日のことで、夕霧が戻ることによって解消され、家族の「のどか」な食事の場が語られる。

二つの家族の食の描かれ方について、小野の山荘で御息所が招いて落葉の宮に摂らせようとした食は、御息所との母子の家族の食ではあるが、「常の御作法あやまたず」（夕霧④四二三頁）と皇女とその母という立場は崩さずに対面した折に勧められたものであり、夕霧家の家族の「のどか」な食とは、対比的ともいえるほどその位相を異にしている。

では、夕霧巻において食を口にしない姿をし続ける落葉の宮には、どのようなありようを見てとることができるのだろうか。さらに考えていきたい。

三　食を口にすることとその場の意義

そもそも食を口にするとは、どのような意義があったのであろうか。もちろん、食事の目的が生命の維持であったことは疑いのないところであるが、食を口にすることには、社会的文化的意義も考慮しなければならないのではなかろうか。そのことを考える上で参考になるのは、『古事記』における「黄泉戸喫」の神話であろう。

火の神を生んで伊邪那美命が亡くなった後、伊邪那岐命が黄泉国へ迎えに行った時、戸を隔てて「黄泉戸喫を為」（四五頁）たから帰れないというのだが、これは黄泉国の食を摂ったから帰れなくなったことを示している。この場面について、『日本書紀』には「湌泉之竈、此には誉母都俳遇比と云ふ」（①五三頁）と書かれており、その表現について、倉野憲司は、「泉は黄泉、戸はへツヒのへで竈、湌（湌）は喫の意で、黄泉の国の竈で煮炊きした物を食べること。これを食べると黄泉の国の人になりきつてしまつて、再び現し国へは還れないと信じられてゐた」とし、「他の世界の食物をその世界の人と共食したために還れないのである」と、指摘する。[11] つまり、黄泉国の食を摂ったことは、その国の秩序に従属した意味を持つ。

他に、その国に帰属させるための食を摂らせる例が、『竹取物語』にも認められよう。かぐや姫が天へ帰る時に、「一人の天人いふ、「壺なる御薬たてまつれ。穢き所の物きこしめしたれば、御心悪しからむものぞ」とて、持て寄りたれば、いささかなめたまひて」（七四頁）と、天のものを食べさせる様子が見受けられる。

同じものを食べることによって同じ社会に属するという食の文化的社会的意義は、平安時代における儀礼においても垣間見ることができる。たとえば、『江家次第』の三日夜の餅の様式は、次のように記される。

次供レ餅銀盤三枚、（有二尻居一各盛二小餅一）加二銀箸臺銀箸一双木箸一双一、件箸臺多作二鶴形一、（『江家次第[12]』）

三日夜の餅の儀がこのような次第に則って行われることは、婚礼が公化される場を形成するためであろう[13]。高群逸枝が「妻家のカマドでつくった食物（餅）を男に食わせて、同族化する儀式である[14]」と指摘するように、婚礼の食は、結婚する二人の関係を結ぶと同時に、食べることでその家の者になることを示している。つまり、三日夜に共食することは、社会性を持たせるものとして機能する。披露された場合はそのことによって世間との関係を結ぶ食となるのである。この三日夜の餅については、『源氏物語』においても、紫の上と源氏の場合（葵②七四頁）、中の君と匂宮の場合（総角⑤二七四頁）、匂宮と六の君の場合（宿木⑤四一四頁）などにおいて見られる。いずれも婚礼の食によって、二人の結婚が成立する場の形成の役目を持つ。

結婚の儀礼における三日夜の餅を考察してきたが、食を口にすることによって、その供された場の者となるという食の社会的文化的なあり方がほの見えてきた。が、それは、そうした儀礼においてのみ見られるものではないようだ。たとえば、薄雲巻の姫君が二条院へ引き取られて後、大堰の明石の君を訪れて慰める光源氏のありようを見てみよう。

若君の御事などこまやかに語りたまひつつおはす。ここはかかる所なれど、かやうにたちとまりたまふをりをりあれば、はかなきくだもの、強飯ばかりはきこしめす時もあり。近き御寺、桂殿などにおはしまし紛らはしつつ、いとまほには乱れたまはねど、またいとけざやかにはしたなくおしなべてのさまにはもてなしたまはぬなどこそは、いとおぼえことには見ゆめれ。（薄雲②四四一頁）

明石の君の大堰の屋敷で、源氏は、「はかなきくだもの、強飯ばかりはきこしめす時もあり」と語られるように、食を摂っている。木谷眞理子は、この食をめぐる二人の関係を、「女と男というよりもむしろ主人と客人・旅人」[15]ととり、また、増田繁夫は、「当時は身分の低い妻のもとでは、本格的な食事はしないことになっていたのである」[16]と指摘するが、二人の指摘はともに、明石の君を格式ある妻として認めていない立場に立っている。しかし、食の儀礼的な意味から考えると、源氏が明石の君のもとで食を摂ることは、通い所として明石の君を認定していることになる。大堰の明石の君の屋敷は「いとけざやかにはしたなくおしなべてのさまにはもてなしたまはぬ」場所であり、普通の通い所とは異なっていた。そこで源氏が食を摂ったことは、「いとおぼえことには見ゆめれ」と、明石の君への愛が並の愛人とは別格に見えるようだと語られる。この場面では、食の場を描くことが、食の社会的意義を表すことになっている。儀礼の場だけではなく、食というものは、場と関係してその社会的意義を示すことになる。

では、なぜ、落葉の宮が食を口にすることが描かれないのか。改めて検証してみたい。

四　服喪中の婚礼の食

落葉の宮の婚礼の特徴は、母の服喪中に行われたことである。では、服喪中の婚礼が当時の人々にどう受け取られていたかを、『小右記』の「小一條院通大殿姫給事」の件（寛仁元（一〇一七）年十一月二十二日）から見てみよう。

院今夜可坐高松云々、以大殿高松腹太娘被奉合云々、左大将教通・左衛門督頼宗指燭、已坐重喪、令有婚礼、疋夫豈然乎、嗟々、可弾指、（『小右記』(17)）

この描写は記主の藤原実資の個人的な憤懣が入ってはいるものの、服喪中の婚礼は、当事者以外から見ると、指弾されるべきものであったとの記事であろう。その「弾指」されるべき小一条院と道長の娘寛子（母・源明子）の婚儀の食の記事は、『小右記』にはなく、『御堂関白記』と『栄花物語』において、次のように描かれる。それぞれの例をあげ、落葉の宮の場合と比べてみる。

・廿四日、戊午、此夜供餅、左衛門督調之、左衛門督供御帳中、後供御膳。女方陪膳、着給後、我献御酒盞、御共人等給禄、（『御堂関白記』(18)）

・四五日ありてぞ御露顕ありける。院、皇后宮に参りたまひて（略）殿上人の座には、懸盤のものども、いみじうし据ゑたり。御随身所、・召次所など、机の物ども数知らずもてつづき据ゑたり。たよりあるさまにしなしもてなしたるさま、笑ましうさすがに見ゆ。（略）かくて物参らせたまふ。御まかなひは、左衛門督仕うまつりたまふ。取次ぎたまふことは、二位中将、三位中将などせさせたまふ。御台参りてのほどに、大殿出でさせたまひて、うるはしき御装ひにて、御かはらけ参らせたまふほどなど、いへばおろかにめでたし。

（『栄花物語』②巻第十三「ゆふしで」一一九〜一二一頁）

『御堂関白記』、『栄花物語』によると、小一条院の父三条院は、寛仁元年五月九日に崩御した旨が記されること[19]から、服喪中であることは分かるが、婚礼の両記事には、小一条院の父三条院の服喪中の婚礼であることは、取り立てて記されない。むしろ『御堂関白記』では「供餅」「供御膳」「獻御酒盞」、『栄花物語』では「懸盤のものども、いみじうし据ゑたり」「机の物ども数知らずもてつづき据ゑたり」「物参らせたまふ」「御台参りて」「御かはらけ参らせたまふ」というふうに、「供」「据う」「参る」の語を用い、次々と供えられていく食が豪華に描かれている。

このように、『御堂関白記』や『栄花物語』においては、婚礼が喪中であることには触れないで、盛大に整えられることを前提として記される。そして、婚礼を華やかな場として設定して、婚儀が成立したことを示している。それに対して、落葉の宮の場面は、「御手水、御粥など、例の御座の方にまゐれり」から始まり、「御台はまゐる」まで、婚礼の食が語られるのであるが、その描写は、喪中をどういうふうに紛らわせたかという、食そのものよりも、その場の作られ方に重点が置かれている。

まず、婚礼が執り行われた場所が一条宮の落葉の宮の「例の御座」であり、あくまで落葉の宮が夕霧を迎えるという体裁をとる。その「御座」は、落葉の宮が小野から一条宮に帰還した時は、「御設けなどさま変りて、もののはじめゆゆしげなれ」というふうに、喪中であることが分かる状態であった。しかも、「物まゐらせなどみなしづまりぬる」と周囲の人々「みな」は、引越から婚礼に繋がるその場の食をすんなり受け入れて寝静まったと語られる。そういう情況を察した落葉の宮は、夕霧を逃れて塗籠に入る。[20]紆余曲折はあったものの、引っ越してから三日目の朝、落葉の宮は夕霧とそこで結ばれ、塗籠から出てきた、というよりは連れ出されたのであろう。[21]その時、いつもの居間は、婚礼の場にふさわしいように整えられつつあったのである。

その整えられていく様子が、「心ばへありてしつらひたり」と婚礼らしく気配りをして、しかも、喪中の結婚は「いまいましきやう」と普段の結婚とは異なる忌み嫌う感じだから、「ことごとしきやうに見えぬもの」と喪中と見えないようなものを用い、女房たちの装束も派手なものではないものに着替えさせ、喪服を「とかく紛らはし」て、食事を運ばせたと、語られる。

小一条院と寛子、夕霧と落葉の宮は、服喪中の婚礼という点においては同じであるが、婚礼の食の描かれ方が、重厚な豪華さの披露と喪を隠すことへの終始という点において、異なる。その時の女君の心は、寛子の場合は描かれないが、落葉の宮の心は、当該場面の直前の二人が結ばれた後の落葉の宮の我が身の衰えを恥じる描写に続いて、「ただかたはらいたう、ここもかしこも、人の聞き思さむことの罪避らむ方なきに」（夕霧④四八一頁）とあるように、父朱雀院や舅の致仕の大臣を初めとする「人」がどう受け取るかという外聞を、まず気にしている。そして、「をりさへいと心憂ければ、慰めがたきなりけり」（夕霧④四八一頁）と、母御息所の喪中の折であることさえ情けなく慰めることができないと語られる。「慰めがたき」心は服喪中であることにもその一因があると語られることから、その婚礼の食は、『小右記』の記すごとく指弾されるべきもの、嫌悪すべきものと、宮には受け取られていたといえよう。

服喪を紛らわすことに重点を置いて世間体を繕って夕霧は婚礼の食を整えさせていくのであるが、その据えられた婚礼の食を、そういう心的情況で落葉の宮が摂ったか、どうか。木谷眞理子はこの場面について、「もはや彼女の心の声すらも語られない[22]」と、指摘し、「社会化された食にも、やはり食本来の凶暴性――食うか食われるか――がしっかりとからみついている[23]」と、見る。落葉の宮が食われる側にいることは確かであるが、実際に食を摂ったかどうかは語られない。

そのことを考えるに当たって、これまでに落葉の宮の食が描かれた場面を顧みてみよう。最初の場面、小野の一条御息所のもとにおいては、母の気遣いに対して「触れたまふべくもあらず」と食に手をつけなかったことが語られる。そして、一条宮に帰還した折はといえば、落葉の宮は違和感を感じ「とみにも」車から降りなかった。そのような落葉の宮であれば、そこで出された「さま変り」「ゆゆしげ」な食に手をつけるはずもあるまい。落葉の宮の場合、これまでは、一条御息所のもとにおいても、一条宮においても、食に手をつけたことが描かれなかった。むしろ、食を口にしないことによって、誰にも属さない身を保とうとしているのである。そんな落葉の宮であるから、この婚礼の場においても、食を口にしたとは考えられないだろう。

なお、第二節でも述べたように、雲居雁は食べる女君として、落葉の宮は「物聞こしめさず」や「触れたまふべくもあらず」と食べない女君として、造型されている。食べる女君雲居雁と対比的に語られる落葉の宮は、御息所によって皇女として誇り高く育てられた[24]。その宮が、婚礼の場でだけ食を摂ったとは考えられないだろう。しかも、この食は皇女不婚を理想とした母[25]の服喪中の婚礼におけるものである。なおさら、落葉の宮が食を口にしたとは考えられない。そう考えると、場に帰属して婚儀を受け入れる人々に取り囲まれた中で、食を口にしない落葉の宮が浮上してくるのである。

五　夕霧の思惑

落葉の宮は、婚礼の食を口にしたとは考えられないのであるが、なぜ物語はその婚礼の食を語ろうとしたのであろうか。

夕霧は引越に先立って、一条宮を改築し結婚の準備を進めてきた。落葉の宮が改築された一条宮に帰還した時は、喪中とは感じられず「殿の内悲しげもなく、人気多くてあらぬさま」(夕霧④四六五頁)となっており、「殿は東の対の南面をわが御方に仮にしつらひて、住みつき顔におはす」(夕霧④四六五頁)と婿として妻の家に住みこみ、主人顔をして居座っていた。世間的には、一条宮に引っ越した時から「いつのほどにありしことぞ」(夕霧④四六五頁)と雲居雁邸の人々が思ったように、夕霧と落葉の宮は実事があったと憶測されていたのである。そして、夕霧の思惑通り、世間ではもうすでに二人の関係は噂されていたようだ。[26]その後の婚礼の儀によって、落葉の宮は夕霧を婿として迎えたことを公表することとなったと考えられる。

夕霧は引越後の三日間「かくせめても見馴れ顔につくりたまふほど」(夕霧④四八二頁)と落葉の宮のもとへ通い続けて、結婚の体裁をつくった。その結果、結婚を世間的に成立させることができたのである。それが実態とは異なって行われたことが、「かく」「つくり」と、夕霧がこのようにつくったのだと語られ、「せめても」の表現には、無理やり結婚を成立させたことが分かる。「つくりたまふほど」の「ほど」は、雲居雁が「限りなめり」(夕霧④四八二頁)と、実家へ帰ったことからも分かるように、三日という結婚成立の期間をさしているのだろう。そういうふうにしてではあるが、三日間通った既成の事実を結婚成立と認めさせたのは、「見馴れ顔に」[27]とあるように、婿の顔をして、結婚をつくった夕霧の意図によるものである。落葉の宮の婚礼は、夕霧が外面的に繕うことによって成立したのである。

夕霧は、婚礼の場を整え、落葉の宮の前に「ありさま心とどめて」（夕霧④四八二頁）と、作法に気を配り食膳を供え、婚礼の場をふさわしく繕おうとしたのである。その様子には、世間体を気にしつつ、結婚を強行する夕霧の意図が明らかである。夕霧は婚礼の場で落葉の宮に食を口にさせて、その場の者にさせようとした。落葉の宮の前に食膳を据えたのは、同じ物を口にさせることがその目的であったはずである。落葉の宮の当該場面における違和感とはそうした夕霧に反応したものであろう。

婚儀に至る直前の落葉の宮は、夕霧との結婚を塗籠に逃れ拒んでいた。そういうかたくなな落葉の宮に対して、夕霧は「あまりなれば心憂く、三条の君の思ひたまふらんこと、いにしへも何心もなう、あひ思ひかはしたりし世のこと、年ごろ、今はとうらなきさまにうち頼みとけたまへるさまを思ひ出づるも、わが心もて、いとあぢきなう」（夕霧④四七九、四八〇頁）と、雲居雁とのことを思い出している。そこには、食を共にして「のどかに」なった雲居雁の姿も思い出していたのであろう。

落葉の宮との婚礼の場面は、雲居雁との食事が語られた次の日の朝である。ここで共食すれば二人の仲が少しは「のどかに」なると、夕霧は考えたのかも知れない。そこで、まず落葉の宮に共食させようとした、しかし実は、夕霧はたとえ落葉の宮が食を口にしなくても婚礼が成立すれば良いのであって、その場を取り繕えば、後は既成の事実として二人が結婚したことになる、それでも良いのだと、考えていたのではなかったか。そういう行動をとるのが、夕霧という人物の特徴であろう。落葉の宮の服喪中の婚礼の食は、そうした夕霧の思惑によって据えられたと語られる。

これまでの落葉の宮の母と子の食の場面にも「常の御作法あやまたず」とあり、ここでも「あるべき作法めでたう」「ありさま心とどめて」と、儀式化されている。最初は、夕霧とのことを心配する母の「手づからまかなひなほしなどし」た食に「触れたまふべくもあらず」と、落葉の宮の食べない姿が語られ、次は、婚礼という場に肥大化され、落葉の宮個人の食ではなくなった場を語る。そういう情況下で、落葉の宮は心理的に追い詰められており、その場の食を口にしたとは考えられない。婚礼の様子が喪中をことさら隠すことに終始しているのも、逆に喪を際だてることになる。これは、服喪中の婚礼という「社会や家のルール」を逸脱してまでも一人の女性をわが物にする夕霧を厳しく問い直すものである。婚礼の食を整えてその場に属させて結婚を公化しようとした夕霧と、無言で食膳の前に端座する宮の対比のありようには、夕霧という人物の恋という次元での不器用さと、落葉の宮のささやかな抵抗を読み取ることができるのではなかろうか。

註

（1）「例の御座」については、「落葉の宮の居間で」とある（新編日本古典文学全集④「夕霧」頭注（二四）、四八一頁）。『弄花抄』『細流抄』『孟津抄』『岷江入楚』『對校源氏物語新釋』にも、その旨が記される。

（2）岩原真代「落葉の宮の住環境――夕霧による一条宮邸改築の意義――」『源氏物語の住環境――物語環境論の視界――』おうふう、二〇〇八年、一一五頁。

（3）新編日本古典文学全集④「夕霧」頭注（六）に、「このあたり、文脈がよくたどれないので諸説がある」（四八二頁）との指摘があるが、ここでの解釈は新編日本古典文学全集の現代語訳の意に従った。

（4）本書・序章註（5）に詳述した。

（5）松井健児「源氏物語の生活内界――小児と筍」（『源氏物語の生活世界』翰林書房、二〇〇〇年）、藤本宗利「源氏物

語の「食ふ」――横笛巻を中心に」（『枕草子研究』風間書房、二〇〇二年）、石阪晶子「「起きる」女の物語――浮舟物語における「本復」の意味――」（『源氏物語における思惟と身体』翰林書房、二〇〇四年）。

（6）室城秀之「共食の思想――うつほ物語の世界」（叢書 想像する平安文学 第4巻『交渉することば』勉誠出版、一九九九年）。

（7）神野藤昭夫「飲食風景からみた物語」（『むらさき』第二六号、一九八九年七月）、室城秀之の註（6）など。

（8）木谷眞理子「夕霧巻と食」『成蹊大学文学部紀要』第四三号、二〇〇八年三月。

（9）皇女の結婚については、後藤祥子が、「貪婪な男の欲望にまかせながら、結局は男の心の中に大きな位置を占めてゆく皇女を、落葉宮像は具象化している」（「皇女の結婚――落葉宮の場合」『源氏物語の史的空間』東京大学出版会、一九八六年、一〇九頁）と述べ、宮川葉子は、再婚皇女について述べつつ、落葉の宮の「現実認識の拙劣さが悲劇を孕む例」（「落葉宮」『物語を織りなす人々』勉誠社、一九九一年）と、指摘する。田中菜採兒は、「皇女という身分についての女二の宮側と夕霧側の認識の大きな懸隔」が「悲劇の根本」（「夕霧の恋と一条宮家の矜持――源氏物語における皇女――」『國語と國文學』第八二巻第四号、二〇〇五年四月）と、皇女の結婚の特異性を指摘する。

（10）沢田正子は、「御息所には（略）、結婚における愛のあり様よりも皇女としての誇りを守ることが先決で、これには自身の身分への劣等意識が何らかの形で反映していたともいえよう」（「源氏物語の母」『源氏物語の探究』第六輯、風間書房、一九八一年、九六頁）と、鈴木裕子は、「皇女として聖性を全うする娘の人生を、我が人生として生き直すことを望んだ」（「苦悩する〈母〉――娘の人生を「所有」する母」『『源氏物語』を〈母と子〉から読み解く』角川書店、二〇〇五年、一六八頁）と、指摘する。

（11）倉野憲司『古事記全註釈』第二巻上巻篇（上）、三省堂、一九七四年、二四四頁。

（12）『江家次第』巻二十（執聟事）（『改訂増補 故実叢書第二十三回』明治図書出版、一九五三年、五二七頁）。

（13）服藤早苗は、「三日夜餅儀の成立と変容――平安王朝貴族の婚姻儀礼」（『女と子どもの王朝史―後宮・儀礼・縁』森話社、二〇〇七年）で、三日夜餅を、歴史的に検証している。中村義雄も「婚姻　三日夜の餅」『王朝の風俗と文学』(塙書房、一九六二年)で、事例を挙げ、検証している。
(14) 高群逸枝「家族」『改訂新版　図説日本文化史大系第5巻――平安時代(下)』小学館、一九五七年、三七六頁。なお、同様のことが、高群逸枝の「純婿取婚」にも、「餅食いや火合せは自己を妻族の一員とすること、自己を妻族内に同化することをいみする」とある(『招婿婚の研究』大日本雄弁会講談社、一九五二年、四四九頁)。
(15) 木谷眞理子「源氏物語と食」『成蹊國文』第四〇号、二〇〇七年三月。
(16) 増田繁夫「平安貴族たちの性愛」『平安貴族の結婚・愛情・性愛』青簡舎、二〇〇九年、二七〇頁。
(17) 東京大学史料編纂所『大日本古記録 小右記』第四巻、岩波書店、一九六七年、二七五、二七六頁。
(18) 東京大学史料編纂所『大日本古記録 御堂関白記下』岩波書店、一九五四年、一二五頁。
(19) 註(18)『御堂関白記』、及び『栄花物語』によると、小一条院の父三条院は、寛仁元年五月九日に崩御したと記される。
(20) 落葉の宮が結婚を拒否するのは、工藤重矩の指摘「親の庇護がなく、媒人のいない、本人の意志による婚姻は時として軽んじられることがあった」からであろう。「結婚の仕方と世間的評価――親が決める結婚と女本人が決める結婚」『源氏物語の結婚　平安朝の婚姻制度と恋愛譚』中央公論新社、二〇一二年、六四頁。
(21) 玉上琢彌は、この場面について、「そこで男は宮を塗籠から引っ張り出す。あるいは抱いてゆく」と解釈する。「夕霧」『源氏物語評釈』第八巻、角川書店、一九六七年、四六九頁。
(22) 註(8)に同じ。
(23) 註(8)に同じ。
(24) 沢田正子は、「皇女としての誇り」(註(10)沢田論文、九六頁)を、平林優子は、「落葉の宮の皇女としての体面は、自分の「下の心」より世間体を重視する夫柏木と、宮の高貴性保持を第一に考える母御息所との不断の努力の上に保たれている」(「皇女落葉の宮論――その理想的イメージの形成と崩壊」『源氏物語女性論　交錯する女たちの生き方』笠間書院、二〇〇九年、九三頁)を、指摘する。

(25) 鈴木裕子は、「皇女不婚を理想とする母の意思」(註(10)鈴木論文、一五九頁)を述べる。
(26) 倉田実が、夕霧の「「事(しも)あり顔」は、この物語で都合12例見られるが、男女の間に何事かがあったかのように見られる様をいう意で使用されている」と指摘するように、世間の噂のほどが窺い知れる。「表情の発見——夕霧の「…顔」表現——」『大妻女子大学紀要』文系第二八号、一九九六年三月。
(27) 倉田実は、註(26)で、「しかし、それは「せめて」であり、「つくりたまふ」ことである。これも演技に他ならない」と指摘する。

食 3 「物まゐる」浮舟——再生としての食——

はじめに

『源氏物語』の最後の女主人公である浮舟は、薫と匂宮の恋の間で懊悩し、入水しようとした女君である。その浮舟が入水をしようとした後、蘇生し快方に向かっていることを語る場面は、次のように描かれる。

心には、なほいかで死なんとぞ思ひわたりたまへど、さばかりにて生きとまりたる人の命なれば、いと執念くて、やうやう頭もたげたまへば、物まゐりなどしたまふにぞ、なかなか面痩せもていく。いつしかとうれしう思ひきこゆるに、「尼になしたまひてよ。さてのみなん生くやうもあるべき」とのたまへば、「いとほしげなる御さまを、いかでか、さはなしたてまつらむ」とて、ただ頂ばかりを削ぎ、五戒ばかりを受けさせたてまつる。

（手習⑥二九八頁）

浮舟は、僧都や尼君に見守られて、蘇生していったのであるが、心の中では、「いかで死なん」と思い続けてきた。二か月以上意識不明の重態が続いて回復してきた浮舟の様子が、「物まゐりなどしたまふにぞ、なかなか面痩せもていく」と描かれる。「もてゆく」は、「（他の動詞の連用形に付けて用いて）しだいに…していく。…しつづける」[1]の意味があり、浮舟は食べることによって「なかなか」、すなわち逆に次第に顔つきが痩せていったのであった。このことについて、玉上琢彌は、次のように述べている。[2]
「物まゐりなどしたまふにぞ、なか〱面やせもていく」は、この物語の描写のこまかさの一例である。重病の人が危機を脱した直後、回復に向かうときしばらくやつれて見えることがあるのをいっているのだ。手足を動かすことが多くなり、内蔵の働きももとにもどるため、やや体力を消耗するのである。

玉上琢彌の見解によれば、この「面やせ」は回復途上にある病人の具体的かつ詳細な描写であるということになるが、たとえば、新編全集頭注（六）が、「病気回復直後は、むくみがとれたりなどして、顔つきがひきしまることが多いという[3]」とし、新大系が、「かえって顔つきがほっそりとひきしまる[4]」とするように、ほぼ他の諸注釈も同様に捉えているようだ。

さらに、石阪晶子は、当該箇所における「食」と「痩せ」について着目しながら「食べることによって、血行がめぐり、循環が行われることで、顔つきが引き締まり、「面痩せ」の中に、生きる姿勢が現れ出てくるように描かれている」と指摘しつつ、「「人の命」の他者性が、食の問題を通して浮上するところである[5]」と述べる。石阪晶子もまた、この場面における「面痩せ」を「血行がめぐり、循環が行われる」ことによるものとして捉えられることを前提として立論しているが、はたしてそのように身体的健康面でのみ、浮舟の「物まゐりなどしたまふにぞ、なかなか面痩せもていく」は、捉えられるのであろうか。本章では、そのことを考えたい。

一　「物まゐる」浮舟

浮舟の「食」を論ずるに当たって、浮舟が「食」にどう向き合っているのか、物語はそれをどう描いているのかを物語展開とともに見ていきたい。

物語において、浮舟をめぐる「食」の表現が示されるのは、宿木巻においてである。初瀬詣での帰途、宇治に立ち寄った浮舟を、薫は垣間見る。

あなたの簀子より童来て、「御湯などまゐらせたまへ」とて、折敷どももとりつづきてさし入る。くだもの取り寄せなどして、「ものけたまはる。これ」など起こせど、起きねば、二人して、栗などやうのものにや、ほろほろと食ふも、聞き知らぬ心地には、かたはらいたくて退きたまへど、また、ゆかしくなりつつ、なほ立ち寄り立ち寄り見たまふ。（宿木⑤四九一頁）

浮舟一行に、「御湯など」「折敷ども」「くだもの」がふるまわれる。女君は疲れて食べることができないが、その供人二人の食べる様子が、「栗などやうのものにや、ほろほろと食ふ」と具体的に食べる音「ほろほろと」までが描写される。浮舟の垣間見られる場面が、身分の低い人々の食の風景とともに語られる。(6) 浮舟は、苦しくて「起こせど、起き」ない、食物に見向きもしない女君として、この場面では造型されている。石阪晶子が「源氏物語は、食という視点を個的な次元に引き据えて描いているところに異質な問題意識をみとめることができる(7)」と指摘するように、『源氏物語』の中でも特に浮舟には、食が丁寧に描かれているといえよう。
食の場面とともに垣間見られた浮舟は、男君との関わりの中で、さらに食が描かれていく。次に浮舟の「食」が現れるのは、京の東屋で薫と結ばれ、宇治へ同行し到着した場面においてである。

女は、母君の思ひたまはむことなど、いと嘆かしけれど、艶なるさまに、心深くあはれに語らひたまふに、思ひ慰めて下りぬ。尼君はことさらに下りで廊にぞ寄するを、わざと思ふべき住まひにもあらぬを、用意こそあまりなれと見たまふ。御庄より、例の、人々騒がしきまで参り集まる。女の御台は、尼君の方よりまゐる。（東屋⑥九七頁）

この場面について、玉上琢彌は、「前のときはそれを初瀬帰りの女の一行にも出したけれども、今度は女の食事は尼君が調製する。特別扱いである」[8]と指摘する。玉上琢彌の言う「前のとき」とは、宿木巻において、「破子や何や」を「東国人どもにも食はせなど」（宿木⑤四九二頁）したことをさす。浮舟に与えられる「食」は、最初は「東国人ども」と一括りに表現されていたが、ここでは「御台」[9]となる。浮舟の「食」は、それまではその周囲に描かれており、浮舟一行への「食」と一括りとして捉えられていたが、二人が結ばれた後は、「御台」としての「特別扱い」の「食」が、浮舟その人に据えられたと表現される。かくして浮舟は、物語において御台が据えられる女君の位置を占めることになった。

その後、物語は、匂宮と薫の恋の間で苦悩する浮舟を描くのであるが、そこには悩むことによって口にしない「食」が描かれるようになる。浮舟の母に返事をする乳母の言葉「日ごろあやしくのみなむ。はかなき物もきこしめさず」（浮舟⑥一六四頁）は、そのことを示した例といえよう。その苦悩は、薫と匂宮からそれぞれの引越予定日が告げられて頂点に達し、食べられない浮舟が、乳母の言葉としてさらに描き出される。「物きこしめさぬ、いとあやし。御湯漬」（浮舟⑥一九六頁）と、浮舟が食べないことを、「いとあやし」と乳母は捉える。入水する直前の夜、乳母が宿直人に警護を怠らないよう注意させているのを、浮舟は聞いて食べないのであるが、その浮舟に、乳母は「いとあやし」と懐妊を疑いつつ、食べさせようとしている。

以上のように、浮舟の「食」は、入水前は、与えられる食として描かれるようになりつつも、苦悩によって、口にできないものとして語られている。逆に言えば、入水前の浮舟は、苦悩によって食を口にできないために、身分の卑しい人々との同化をまぬかれているともいえよう。

このような浮舟の「食」は、入水し、助けられた後も、「湯とりて、手づからすくひ入れなどする」（手習⑥二八七頁）のように、薬湯を飲ませるという与えられるものとして描かれる。しかしながら、入水前における浮舟の「食」に対するあり方は、ここにおいて大きな変容を見せる。

「この人は、なほいと弱げなり。道のほどもいかがものしたまはん。いと心苦しきこと」と言ひあへり。車二つして、老人乗りたまへるには、仕うまつる尼二人、次のには、この人を臥せて、かたはらにいま一人乗り添ひて、道すがら行きもやらず、車とめて湯まゐりなどしたまふ。（手習⑥二九〇頁）

ここでは、意識不明の折の浮舟の「湯まゐりなど」する様子が描かれ、浮舟は、意識がない状態であったが、「湯」などを口にするのであった。このことは、浮舟自身には、不本意なことであったに違いない。意識を回復した浮舟の様子は、次のように語られている。

人の言ふを聞けば、多くの日ごろも経にけり、いかにうきさまを、知らぬ人にあつかはれ見えつらん、と恥づかしう、つひにかくて生きかへりぬるかと思ふも口惜しければ、いみじうおぼえて、なかなか、沈みたまへりつる日ごろは、うつし心もなきさまにて、ものいささかまゐるをりもありつるを、つゆばかりの湯をだにまゐらず。

（手習⑥二九七頁）

浮舟は「うつし心もなきさまにて」という状態においては、「まゐる」折もあるが、蘇生するにつれ、「つゆばかりの湯をだにまゐらず」と全く食を口にしなくなったと語られる。入水以前と同じように与えられる食を口にしない浮舟がそこに見られるようになるのであるが、入水以前と決定的に異なるのは、その意識である。入水後の浮舟は「つひにかくて生きかへりぬるか」と思うのが「口惜し」と感じられ、食を口にしないのである。「生きかへりぬる」ことの「口惜し」さによって、かえって食を口にしない。それは食の意識的な拒絶、食の拒絶による死への願望を示しているといえよう。石阪晶子は、この描写について、「無意識の状態では口に物をふくみ、意識が回復していくと、拒絶の意を示すようになることである。食べ始めたからといって、ずっと食べ続けるわけではなく、食べないからといって、真に食を拒否しているわけではない。食べることをめぐる、欲動の抑揚の中に、浮舟はその生を模索していく」[10]と述べるが、ここに浮舟の意識的な食の拒絶を認めてもよかろう。

そうした浮舟が食を口にするのが、最初に掲げた当該場面である。確かに、そこにおいて浮舟は、食を口にしている。しかし、注目すべきことは「なほいかで死なん」と思い続けていることであり、そうした死への願望は、蘇生後の浮舟にこれまで見られてきたものである。浮舟はその願望を持ちながら食を口にしてしまうのである。そのような状況における「面痩せ」は、はたして痩せる健康回復の表象として収まることができるものなのだろうか。

この後も老尼によって「粥」を勧められる（手習⑥三三二頁）など、浮舟の周囲には食が描き続けられる。[11]浮舟の物語において、食とは何であったのか、さらに考察をすすめてみたい。

二　『源氏物語』の「面痩せ」る人々

浮舟は食べることによって「面痩せ」ていったのであるが、その意義を考えるにあたって、『源氏物語』における「面痩せ」る人々はどう描かれているのかを考えておきたい。『源氏物語大成（索引編）』（中央公論社）によれば、「面痩す」「うち面痩す」「面痩せもていく」を含め、『源氏物語』の用例は、一八例ある。

その中で、特に目を引くのは、懐妊、出産あるいは病による「面痩せ」た姿である。懐妊した藤壺は「うちなやみ面痩せ」（若紫①二三四頁）と描かれ、出産後の明石女御は「すこし面痩せ細り」した姿が、光源氏によって「面痩せて」（若菜上④一二二頁）見えるとされる。また、桐壺更衣は病による「いたう面痩せ」（桐壺①二二頁）た姿で宮中を退出する。夕顔の死によって患った源氏は「いといたく面痩せ」（夕顔①一八三頁）と語られる。

以上の例は、精神的理由ももちろんあるが、主に身体的理由による「面痩せ」である。しかし、「面痩せ」には、精神的原因が主であると考えられる場合もある。特に人を失った折における「面痩せ」は折々に見られ、たとえば北山の尼君を喪った若紫は「はかなきものも聞こしめさず」「いといたう面痩せ」（若紫①二四八頁）て見えると語られ、葵の上の死後の光源氏に桐壺院は「いといたう面痩せにけり。精進にて日を経るけにや」（葵②六七頁）との言葉をかけている。また、浮舟の喪失は、薫には「すこし面痩せて」（蜻蛉⑥二一八頁）と、匂宮には「なほありしよりは面痩せ」（蜻蛉⑥二五四頁）と対比させながら「面痩せ」る姿が描かれる。精神的原因による「面痩せ」は、鬚黒と結婚した後の心労による玉鬘の「いとをかしげに、面痩せたまへるさま」（真木柱③三五四頁）が語られ、大君との死別や匂宮の来訪の途絶えがちなことから、もの思う中の君は「さまざまの御もの思ひにすこしうち面痩せたまへる」（早蕨⑤三四七頁）と語られる。紫の上への介抱にやつれた光源氏の「御顔もすこし面痩せたまひにたり」（若菜下④二四二頁）の姿には、いかに精神的に悩んだかが窺われよう。須磨、明石での勤行に明け暮れた源氏は「年ごろの御行ひにいたく面痩せたまへる」（明石②二六四頁）と描かれる。

そうした「面痩せ」る人々の中で、女三の宮は、懐妊している事実はあるが、それだけではなく、柏木との間の子を妊ったことで、それをめぐっての人間関係を憂悶する姿として「いたく面痩せて、もの思ひ屈したまへる」（若菜下④二六八頁）と描かれ、その姿を源氏から「このいたく面痩せたまへるつくろひたまへ」（若菜下④二七二頁）と促されている。女三宮のその姿は、小侍従によって柏木に伝えられる。

宮も、ものをのみ恥づかしうつつましと思したるさまを語る。さて、うちしめり、面痩せたまへらむ御さまの、面影に見たてまつる心地して思ひやられたまへば、げにあくがるらむ魂や行き通ふらむなど、いとどしき心地も乱るれば、（柏木④二九五頁）

小侍従は、女三の宮の「ものをのみ恥づかしうつつましと思したるさま」を柏木に語っている。朱雀院の便りを見ての源氏の言葉に反応した女三の宮の「恥ぢらひて背きたまへる御姿」（若菜下④二六八頁）を、小侍従は柏木に伝えたのであろう。女三の宮の「面痩せ」た姿の報告は、柏木の心を揺さぶったのだろうか、「面痩せたまへらむ御さま」が、「面影に見」える。そのことは、新編全集頭注（二七）が「魂の交感を確信する趣」[12]と指摘するように、柏木の魂が女三の宮と交感し、その姿が見えたのである。三村友希が、「女三の宮も、極度の緊張感と疲労、冷淡な光源氏に対する怖れによって「面痩せ」している」[13]と述べるが、女三の宮は、精神的、身体的な原因によって「面痩せ」たといえよう。しかもその「面痩せ」た痛々しい姿であったからこそ、柏木の心に掛かり、魂の交感ができたのであろう。

実体と精神（魂）の離合が語られた女三の宮の「面痩せ」た姿に対して、鏡に映し出された源氏の「面痩せ」た姿は、次のように語られる。

帥宮、三位中将などおはしたり。対面したまはむとて、御直衣など奉る。「位なき人は」とて、無紋の直衣、なかなかいとなつかしきを着たまひてうちやつれたまへる、いとめでたし。御鬢かきたまふとて、鏡台に寄りたまへるに、面痩せたまへる影の、我ながらいとあてにきよらなれば、「こよなうこそおとろへにけれ。この影のやうにや痩せてはべる。あはれなるわざかな」とのたまへば、

（須磨②一七二、一七三頁）

帥宮や三位中将が須磨へ出立する源氏に別れの挨拶に来たのであるが、その折の源氏の鏡に映った「無紋の直衣、なかなかいとなつかしきを着たまひてうちやつれたまへる」姿は、衰えているはずなのだが、鏡に映っている姿は、「我ながらいとあてにきよらなれ」と自分の実体の身体とは違う。「面痩せたまへる影」とは、見た目ではなく、源氏の内部にあるものを示している。鏡に映った影は、生命のようなものを映していると表現される。

この源氏の「面痩せ」る姿を考察するにあたって、松井健児の「受苦の深みへ」の論考は、示唆にとんでいる。松井健児は、死に向かう柏木の「痩せさらぼひたるしも、いよいよ白うあてはかなるさま」（柏木④三一四頁）が、明石入道の「長年の仏道修行の結果としての、骨ばった身体なのであり、またそれが同時に人柄の「あてはか」という美的要素との調和をも作り出している」様や宇治八の宮の「「やせ細」ってはいたものの、まさにそのことによってこそ「あてになまめく」という高貴な優雅さを示し出していた」様子に匹敵するとし、若い柏木の「痩せさらぼふ」身体が美しいのは、「一途に思い続けるという行為そのもののなかに、その因由を求められるのではなかったか」と述べている。[14] 源氏の鏡に映った影は、柏木と同じように、その精神を表象するものであったのだ。以上、『源氏物語』における「面痩せ」る人々を見てきたのであるが、当該場面の浮舟の「面痩せもていく」のは、病でもなく、懐妊、出産によるものでもなく、悩みによって食べないからでもない。浮舟の「面痩せ」る姿は、特異なものであろう。

三　『源氏物語』の「食」と女君

浮舟の様子は、「物まゐりなどしたまふにぞ、なかなか面痩せもていく」と描かれる。ここには、「物まゐりなどしたまふ」と「面痩せもていく」が、「にぞ」によって因果関係が明らかにされていることが注目される。「食べること」と「面痩せ」ることがなぜ因果関係になるのかを考えるに当たって、『源氏物語』における「食」と女君の関係をまず見ておこう。

『源氏物語』におけるほとんどの女君は、食べる姿が描かれない。むしろ、食べることができない女君が、描かれている。物語で食べることが描かれるのは、たとえば、常夏巻巻頭の「さうどきつつ食ふ」（常夏③二二三頁）の男たちや玉鬘と右近との邂逅の場面の「三条を呼ばすれど、食物に心入れて、とみにも来ぬ」（玉鬘③一〇七頁）の玉鬘の供人や雪の夜の末摘花の「御達四五人ゐたり。御台、秘色やうの唐土のものなれど、人わろきに、何のくさはひもなくあはれげなる、まかでて人々食ふ」（末摘花①二九〇頁）の古御達や「筍の籠子に何とも知らず立ち寄りて、いとあわたたしう取り散らして食ひかなぐりなど」（横笛④三四九頁）「筍をつと握り持ちて、雫もよよと食ひ濡らし」（横笛④三五〇頁）す幼い薫などである。「食ふ」ことには、男や下人や幼児が、主に描かれているのである。

これに対して、女君たちは食べる通常の姿は描かれないで、「食べないこと」に重点をおいて語られる傾向がある。周知のように、食を断つようにして死んでいった大君には、「いかで亡くなりなむ、と思し沈むに、心地もまことに苦しければ、物もつゆばかりまゐらず」（総角⑤三〇〇頁）や「物をなむさらに聞こしめさぬ」「はかなき御くだものだに御覧じ入れざりしつもりにや」（総角⑤三一六頁）の弁の尼の薫への言葉や「夜もすがら人をそそのかして、御湯などまゐらせたてまつりたまへど、つゆばかりまゐる気色もなし」（総角⑤三一九頁）の薫の勧めに応じようとしない姿が、語られている。なお、藤壺が亡くなる前の「柑子などをだに触れさせたまはずな」（薄雲②四四六頁）った姿や、男君ではあるが食べることができない柏木の「月ごろ物などをさらにまゐらざりけるに、いとどはかなき柑子などをだに触れたまはず」（若菜下④二八四頁）の姿も描かれる。また、懐妊と「なやみ」によって食べられない人々として、柏木の女三の宮への手紙が露顕されて、しかも悪阻もあって食べることができない「つゆばかりの物も聞こしめさ」（若菜下④二五二頁）ない女三の宮や、夫匂宮の六の君との結婚と自身の懐妊の悩みによって食べることができない「はかなき御くだものをだに御覧じ入れ」（宿木⑤四〇四頁）ない中の君にも語られる。『源氏物語』において女君の食は、「食べない」という現象が起こった時に語られるようである。

そうした傾向の中で、女君の「食」が語られるのは、「食」そのものとして描かれてはいないが、病気回復のための「湯などいささかまゐる」状態としてである。「湯まゐる」その姿は、紫の上に認められる。紫の上は、最初は「御粥などこなたにまゐらせたれど御覧じも入れず」「はかなき御くだものをだに、いとものうくしたまひて、起き上がりたまふこと絶えて、日ごろ経ぬ」（若菜下④二一三頁）という状態であったが、源氏の勧めで薬湯を飲むようになる。

亡きやうなる御心地にも、かかる御気色を心苦しく見たてまつりたまひて、世の中に亡くなりなむも、わが身にはさらに口惜しきこと残るまじけれど、かく思しまどふめるに、むなしく見なされたてまつらむがいと思ひ隈なかるべければ、思ひ起こして御湯などいささかまゐるけにや、六月になりてぞ時々御頭もたげたまひける。（若菜下④二四二、二四三頁）

自分が死んでも、「口惜しきこと」はないが、自分が死ぬことによって源氏が心惑うので、紫の上は、源氏のために生きねばならないと思い、「思ひ起こして」「湯などいささかまゐる」のである。[15] 玉上琢彌が「口を通るものがあると、しだいに体力も回復する」[16]と指摘するように、薬湯を飲む状態が一ヶ月ほど続いたからであろうか、六月には、時々「御頭もたげたまひける」と回復の兆しが見え始めるのである。つまり、ものを口にすることが、身体的回復に繋がったと語られ、「けにや」によって因果関係が示される。この描写で注目すべきは、食べることによって身体が回復し、「御頭もたげ」たと語られることである。しかもこの場合、ものを口に入れたのは、紫の上の「思ひ起こして」という意思によるものであった。それも源氏を思いやっての意思である。紫の上の場合は、意思によって薬湯を飲み、身体的回復を図ったと語られ、浮舟の場合は、「やうやう頭もたげたまへば」と頭を上げる身体的回復が先にあり、「物まゐりなどしたまふにぞ、なかなか面痩せもていく」のである。

四　面痩せる食、再生する浮舟

『源氏物語』における「面痩せ」を検討し、「面痩せ」とは、身体的原因によるものばかりではなく、描かれた人の生命が内部から出てきたものであり、精神性が加味されたものと理解してきた。一方、浮舟の「食」と「面痩せ」の関係を考察するために、『源氏物語』の「食」と女君の関係をも考察した。そうした中で、浮舟の周囲には、特に食が描き続けられていることも分かった。

食を口にした浮舟は、「なほいかで死なん」と死への願望を抱いていたとある。ところが、命があって「やうやう頭もたげたまへ」と、まず身体が回復することが語られ、浮舟の意思は語られないで、「物まゐりなどしたまふ」と食べる浮舟が語られる。そのことによって、かえって「面痩せもていく」という情況が呈示される。

この間、浮舟は生きようとはしていない、何とかして死にたいと願ってきた、しかし、「生きとまりたる人の命なれば、いと執念くて」と心にもなく蘇生し、「やうやう頭もたげ」て「物まゐりなどしたまふ」こと、すなわち食べることを自分でしてしまっている。意識が戻ってくると、そうした自分への悔しさから食を拒絶しようと自分の心に誓う。その意思に反して口は食してしまい、「面痩せ」続けていったと語られる。自分の意思とはかけ離れたところで頭を上げて食を摂っていたことに、浮舟は気づいたのである。その時の浮舟は、食べまいと意思したのに反して、食べてしまっている自分を確認したのである。不本意にものを口にした自分がいて、生き返った自分への悔しさがこみ上げてきたことだろう。意識しないで摂った「食」が、死にたい浮舟その人の生命を逆説的に心ならずも維持させてしまったという皮肉が、浮舟を精神的に追い詰めたのかもしれない。その「物まゐりなどしたまふ」という食べたことへの悔いの繰り返しが、浮舟を「面痩せ」続けさせたのではなかったか。これは、宿世でもない、因縁でもない、人間の生きる原初的な形を確認させられた浮舟像ではなかろうか。浮舟は、その生きるという自分の意思ではどうにもならない事態を前に、「面痩せ」続けていったのである。

だから、当該場面において、浮舟の心は、「なほいかで死なん」という状態から「尼になしたまひてよ」と変化している。浮舟が回復していく過程で、自分の意思ではどうにもならない生きる摂理を感じ、「面痩せ」続けていき、その結果たどり着いたのが、「尼になしたまひてよ」という結論だったのである。

食べてしまったという意識によって、生きるという実態を突きつけられて浮舟は悩み、面痩せ続けていく浮舟が描かれる。それは、浮舟の新しい意味での再生を用意するものと意義づけられよう。ここでいう再生とは、再びこの世に以前の浮舟ではなく生まれ出ることである。浮舟の再生とは、危篤状態の中での「食」の体験を通して、再びこの世に生まれてきたことであった。二か月以上の意識不明の重態の中で、浮舟は、「物まゐりなどしたまふ」と結局は食べたのであるが、自分の意思を裏切って食べたことによる精神的苦痛を経て、それが逆に浮舟の精神を研ぎ澄ませていくことになり、「面痩せ」ていった。食べることは生命の充足であるはずであるのに、浮舟にとっては精神的苦痛を経た極みに「面痩せ」るという現象が現れてくる。その現象は、これまでと違う浮舟の精神の現れであろう。それを、新しい意味での再生を用意する食といってよいのではないか。浮舟にとっては、食べることが修行であり、言い換えれば、食べるという身体的な行動が精神的「生きる」苦痛を受け入れたことであり、その精神的苦痛の極みに「面痩せ」ていったと考えられよう。それは浮舟の新しい意味での再生への「食」ともいえるありようを示すものなのである。浮舟の「食」は、他の人々とは異なって、食べたことを苦しむ内面世界が外に現れ出た「面痩せもていく食」であり、特異なものであったのである。

結びに

浮舟の「食」と「面痩せ」の関係を考察してきたが、『源氏物語』における食をめぐって、紫の上と浮舟は対照的である。その中で、紫の上は「湯など」「まゐる」ことによって病気が回復するのであるが、浮舟は、食べることが「面痩せ」続けることになる。つまり、食べたという意識が、かえって浮舟の心に重い負担となり、「面痩せ」続けるという結果を生んだのである。

浮舟は「物まゐる」女君として描かれ、その「食」は、浮舟の新しい意味での再生を用意するものであった。以後に展開される浮舟の物語は、浮舟に出家をさせ、手習をさせ、入水前の浮舟とは異なった位相を生きさせる。その根源には、「物まゐりなどしたまふにぞ、なかなか面痩せもていく」という浮舟の再生への食の認識が、あったといえよう。

註

（1）『古語大辞典』（小学館）「もてゆく」の項。

（2）玉上琢彌「手習」『源氏物語評釈』第十二巻、角川書店、一九六八年、三八二頁。

（3）新編日本古典文学全集『源氏物語』手習⑥二九七頁。

（4）新日本古典文学大系『源氏物語』五、脚注（三三五）、岩波書店、一九九七年、三三七頁。
（5）石阪晶子「「起きる」女の物語――浮舟物語における「本復」の意味――」『源氏物語における思惟と身体』翰林書房、二〇〇四年、三一九頁
（6）葛綿正一は、この場面について、「物を食う二人の女房は、浮舟に潜在する食人的、口唇サディスム的な欲望を代理的に表現しているように思われる」と述べる（「浮舟と食われること――宇治十帖論のために（三）」『源氏物語のテマティスム――語りと主題』笠間書院、一九九八年、二九八頁）。
（7）註（5）に同じ（三一〇頁）。
（8）玉上琢彌「東屋」『源氏物語評釈』第十一巻、角川書店、一九六八年、四六〇頁。
（9）『源氏物語』における「御台」の用例は一〇例あり、末摘花（末摘花①二九〇頁）、落葉の宮と一条御息所（夕霧④四二三頁）、夕霧家（夕霧④四三一頁）、落葉の宮と夕霧（夕霧④四八二頁）、八の宮が亡くなった翌年の正月（椎本⑤二一三頁）、匂宮と六の君二例（宿木⑤四一四、四一五頁）、匂宮と中君（東屋⑥四三頁）、浮舟への尼君からの御台（東屋⑥九七頁）であり、玉鬘の御台は整わないとの豊後介からの言葉に使われている（玉鬘③一〇六頁）。いずれも形を重んじている食事の場合に使われる。
（10）註（5）に同じ（三一一頁）。
（11）藤本宗利は、この場面について、「それまで自らの世界に紛れ込んだ異種の粗野さとして、周縁に囲いこんでおけばよかった「食ふ」という肉体の力《エネルギー》が、今では逆に自己を取り囲むほどに増大していることを、それは示す。ここでは浮舟の方こそ、囲いこまれる異種でしかないのである」と指摘する（「『源氏物語』の「食ふ」――横笛巻を中心に」『枕草子研究』風間書房、二〇〇二年、三四三頁）。
（12）新編日本古典文学全集『源氏物語』柏木④二九六頁。
（13）三村友希「女三の宮の〈幼さ〉――小柄な女の幼稚性」『姫君たちの源氏物語――二人の紫の上――』翰林書房、二〇〇八年、一二五頁。

(14) 松井健児「源氏物語の生活内界――受苦の深みへ」『源氏物語の生活世界』翰林書房、二〇〇〇年、一五四頁、一五五頁、一五六頁。
(15) 原岡文子は「紫の上の物語」で、この思いを「自身の命のことはさて措き、残されるものの嘆きを思いやる紫の上の思惟」と指摘する。『源氏物語』に仕掛けられた謎――「若紫」からのメッセージ』角川学芸出版、二〇〇八年、一四四頁。
(16) 玉上琢彌「若菜下」『源氏物語評釈』第七巻、角川書店、一九六六年、四三九頁。

住4 板屋と夕顔――その住まいの意味するもの――

一 月影が漏り来る板屋

源氏が宮中からの帰途、五条の大弐の乳母の病気見舞いに立ち寄った際、その隣家の夕顔の花の歌の贈答から契った夕顔の家は「板屋」であった。

八月十五夜、隈なき月影、隙多かる板屋残りなく漏り来て、見ならひたまはぬ住まひのさまもめづらしきに、暁近くなりにけるなるべし、隣の家々、あやしき賤の男の声々、目覚まして、「あはれ、いと寒しや」、「今年こそなりはひにも頼むところすくなく、田舎の通ひも思ひかけねば、いと心細けれ。北殿こそ、聞きたまふや」など言ひかはすも聞こゆ。いとあはれなるおのがじしの営みに、起き出でてそそめき騒ぐもほどなきを、女いと恥づかしく思ひたり。（略）ごほごほと鳴神よりもおどろおどろしく、踏みとどろかす唐臼の音も枕上とおぼゆる、あな耳かしがましとこれにぞ思さるる。（略）いとあやしうめざましき音なひとのみ聞きたまふ。くだくだしきことのみ多かり。

（夕顔①一五五、一五六頁）

月の光が差し込むその板屋の住まいは、暁近くになると隣の男の声や唐臼の音が聞こえる賤なる世界であった。それは、身分の低い人々の生活する声や音によって表される源氏にはあずかり知らない世界である。

この場面の「八月十五夜」の「月」という設定に、『竹取物語』の引用が見られることは、すでに指摘されるところである。[1]一方、それをふまえながら小嶋菜温子は、〈闇〉へ変換する前の〈光〉の世界として捉え、[2]大井田晴彦は、『竹取物語』をふまえることによって「死や滅び、無常といった夕顔巻の主題性」[3]に注目している。確かにこの「八月十五夜」の「月」は、『竹取物語』の世界を深く意識させながら、『源氏物語』において、独自の世界を形成することに寄与しているということができよう。しかし、いまここで注目したいのは、その月光が漏れて来るとされる「板屋」である。

この「板屋」は『竹取物語』には描かれておらず、『源氏物語』において独自に設定されているものである。それが賤なる世界を表象することは確かであるが、それにしてもなぜ「板屋」なのか。「八月十五夜」の「隈なき月影」が、夕顔の住んでいる板屋を通して漏れ来たっていることの意義を考えつつ、あらためて夕顔物語のありようを考察してみたい。

二　実態として粗末な板屋

「板屋」とは、「板葺の屋根の家。庶民の家」[4]とされる。万葉時代には貴族たちの住む邸であった。大伴家持が詠んだ歌「板葺の　黒木の屋根は　山近し　明日の日取りて　持ちて参ゐ来む」（万葉集・巻四・七七九）[5]について、新編全集は「神亀元年（七二四）十一月太政官から、五位以上の者及び富者の家は営み難く破れやすい従来の板葺を廃し、瓦葺・丹塗にすべきことが奏言されたが、その普及は容易でなかった」[6]と注する。その太政官奏には、「その板屋草舎は、中古の遺制にして、営み難く破れ易くして、空しく民の財を殫くす。請はくは、有司に仰せて、五

図2

位巳上と庶人の営に堪ふる者とをして、瓦舎を搆へ立て、塗りて赤白と爲さしめむことを」[7]とあり、五位以上の貴族の邸が、板屋ではなくなる方向となったことが分かる。

しかし、貴族以外の人々の邸は、その板屋であり続けた。たとえば『うつほ物語』では、兼雅が、俊蔭娘母子を迎える、三条堀川の邸の絵指示には、「この殿は、檜皮のおとど五つ、廊・渡殿、さるべきあてあての板屋どもなど、あるべき限りにて、蔵町に御蔵いと多かり」（『うつほ物語 全 改訂版』おうふう、俊蔭、五三頁）や実正の勧めによって、実忠の妻子を迎える三条殿の邸は、「この殿は、一町に、檜皮のおとど五つ、廊・渡殿、板屋どもあまた、蔵などあり。池近く、をかしげなり」（同、国譲・中、七〇一頁）といった例があり、[8]また、末摘花邸では、「下の屋どものはかなき板葺なりしなどは骨のみわづかに残りて、立ちとまる下衆だになし」（蓬生②三二九、三三〇頁）とあり、「板屋」が下人たちの住まいとなっていることが分かる。

一方、『栄花物語』では、「この屋に今年檜皮を葺かずなりはべりぬることの口惜しさ。板屋は雨の音のかしがましさこそ、術なくはべりけれ」（巻第二十七「ころものたま」③四六頁）[9]とあって、不如意のために板屋になってしまった例や『源氏物語』の野の宮の様子が「板屋どもあたりあたりいとかりそめなめり」（賢木②八五頁）などといったように仮普請の邸に「板屋」が描かれている。「板屋」とは、貴族であってもそれに住まざるを得ない例や特殊な家屋に用いられる例があるが、実態的な把握としては、粗末な家屋と考えてよかろう。では、「板屋」という表現はそれにとどまるものだろうか。さらに考えたい。

三　廃屋河原院から照射される板屋の美

板屋は、その隙間が多いので、雨が漏れ来るのを厭ってきた。たとえば、菅原道真は、流された太宰府の地で「雨夜」と題する漢詩を作り、「屋漏無蓋板」[10]と、その宿舎の屋根に隙間が空いて、雨が漏れると詠み込んでいる。「蓋はむ板ぞ無き」の隙間を繕おうにも板がないという表現は、その生活が不如意であることを示している。その状態を「天道之運人　不一其平坦」[11]と、「天道」がしからしめたと受け取って嘆いている。配流の地にあっての鬱々たる情を、雨が屋根から漏れて衣架の衣や文筥の文を濡らして困ると表現する。

道真の「雨夜」では、板屋から雨が漏れることを表現していたが、『歌ことば歌枕大辞典』の「板間」の項を見ると、「板間」を歌ことばとして、「…我が宿の　しのぶ草おふる　板間あらみ　降る春雨の　漏りやしぬらむ」（古今集・雑体・一〇〇二・貫之）などを揚げ、「板間から洩る雨や月光、あるいは板間から吹く風などが多く歌われた」とある。「板間」から漏れて来ると歌われるのは、雨の他、月光や風などであったのだ。また、「荒れた宿の月は、それを厭う常識を逆転させて、平安後期から好んでよく詠まれた」[12]と指摘され、その中でも「板間」からの月光は好まれていたようである。[13]ただし、「板間」から漏れてくる月光は、たとえば、『順集』には、「てる月ももるる板まのあはぬよはぬれこそまされかへすころもで」[14]と詠まれており、その発想には、「河原院歌合」の「月影漏屋」の歌題のもとに詠まれた歌との関連が指摘されている。[15]

「河原院歌合」とは、「恵慶法師ほか周辺歌人の参加[16]」があったと見られる、応和二年（九六二）九月五日庚申に行われたものである。[17]その八番歌として「月影漏屋」の歌題が設けられ、「（左持）15雨ならぬ年のふるにもわがやどは月漏るばかり荒れにけるかな」「（右）16月漏りて荒れたる宿のあかきにはいづれをあすのあくるとかせむ[18]」と、月が漏れ来る荒廃した住まいを詠みあっている。この二首は、いずれも漏れ来る月の光が辺り一面を照らしている廃屋の情趣を詠んだものである。「いづれを明日のあくるとかせむ」には、隙間があまりにも多く、夜中明るいので、どこをもって明日の朝が明けるとすればよいのかという諧謔的意を含みつつも、その廃屋を愛惜する「月影漏屋」の風情が詠み込まれている。

その間の事情を、川村晃生は「河原院は左大臣源融の旧邸で、当時融の末孫安法法師がここに居住していた。年月を深く刻んで荒廃の極にあったこの邸は、かえってそれがゆえに愛惜され、歌人たちが繁く足を運んだ形跡すらある[19]」と、指摘する。河原院に集う人々は不遇感はあっても、不遇とは限らない。壊れた廃屋の風情がかえって、人々を引きつけてやまなかったのである。犬養廉が指摘する河原院の歌人達の「貴顕からの解放と本来の風雅への回帰[20]」がそこにはあり、人々が参集したのだろう。当時の河原院の「月の光が漏れ来る」風情には、廃屋の「あはれ」な趣があり、それを愛惜する風潮があったことがこの歌合から窺うことができる。

こうした「月の光が漏れ来る」歌ことばとしての「板間」を、夕顔巻の「八月十五夜、隈なき月影」が隙間から漏れ来たっている状況においては、「板屋」と表現する。実際は月の光が「板間」から漏れ来たっているのであるが、歌におけるものではないので「板屋」と表現されたのであろう。そこには、当時愛惜された河原院の「月影漏屋」の風情が重なってはいなかったか。夕顔の住む板屋の表現が、ただ賤しき、あやしき賤の世界ではなく、平安後期に好んで歌ことばとして詠まれた美意識を、先取りしていると考えられる。河原院からの照射が、廃屋としての夕顔の板屋の美にはあったのである。

しかし、夕顔の住む板屋の賤なる世界が、十五夜の月の光が漏れ来ることによって美的世界を醸成して源氏を導き入れるのは、夜の間だけのことであった。「暁近く」になると、[21]隣家の過剰な音が聞こえてくるのである。それは、隣の家々の生活の声々や生活の営みの「そそめき騒ぐ」音である。その音は「またなくらうがわしき隣の用意なさ」（夕顔①一五六頁）と語られる。

これらの音について、吉海直人が「これは源氏が狭隘な五条の宿にいるからこそであり、読者は源氏の耳に同調することで、そういった違和感（不協和音）を追体験しているのである」[22]と述べ、吉井美弥子が「夕顔の住まいの隣の家々から聞こえてくる「あやしき賤の男の声々」（夕顔①一五五頁）は、その他のさまざまな音――唐臼や砧の音に加えて聞こえる雁の「声」や間近で聞こえる虫の「声々」等々――とともに、光源氏に大きな違和感をもたらし、非日常性――もとより光源氏の属する世界にとっての非日常性であることはいうまでもない――を醸成していく」[23]とその音が源氏に違和感をもたらしたと指摘するように、その世界は音によって裏切られていったといえよう。

このように、月の光が漏れ来ることによって醸成された夕顔の宿の美的世界が、暁から明け方になり、板屋であるからこそ隣の家々の声や音が漏れ聞こえ、また、板屋造の「ほどなき庭」（夕顔①一五七頁）の隔てしかないからこそ、破られていったのである。

四　板屋の持つ意味

源氏が惹かれていった夕顔の住まいの板屋は、八月十五夜の月の光がそこはかとなく漏れ来たることによって、美的世界を醸し出していたが、板屋であるからこそ音が聞こえ、その世界は破られていった。

では、夕顔巻にもう一箇所「板屋」が描かれる遺体が安置された東山の板屋は、何を語ろうとしているのか。

あたりさへすごきに、板屋のかたはらに堂建てて行へる尼の住まひいとあはれなり。御灯明の影ほのかに透きて見ゆ。その屋には、女ひとり泣く声のみして、外の方に法師ばら二三人物語しつつ、わざとの声立てぬ念仏ぞする。寺々の初夜もみな行ひはてていとしめやかなり。清水の方ぞ光多く見え、人のけはひもしげかりける。この尼君の子なる大徳の声尊くて経うち読みたるに、涙の残りなく思さる。

（夕顔①一七八頁）

夕顔の遺体が安置された所は、「惟光が父の朝臣の乳母にはべりし者のみづはぐみて住」（夕顔①一七二頁）む東山にある板屋であった。当時、尼の住まいが板屋であったことは、『今昔物語集』の醍醐天皇の御代の話として女法師が留守番をしている家(24)や『源氏物語』の手習巻の妹尼の住まい(25)として語られ、珍しいことではなかった。ここで注目すべきことは、その建物が板屋であるからこそ、「御灯明の影ほのかに透きて見」えることである。その灯に導かれるように源氏はその板屋に入っていく。この場面の板屋は、その隙間から灯明が外へ漏れることによってその存在を示している。

板屋は、そのものとしては粗末な家屋であるが、夕顔と板屋の関係で捉え返すと、まず、夕顔の五条あたりの板屋から漏れ来る光が、「隙々より見ゆる灯の光、蛍よりけにほのかにあはれなり」（夕顔①一四二頁）と源氏の心を捉え、そして、隙間から見える灯明の光が源氏を夕顔の遺体が安置された板屋に招き入れる。このように、夕顔の宿も東山の遺体が安置された場所も、「板屋」であったから、その隙間から灯火や灯明が外に漏れていたのである。板屋という隙間が多い建物であることが、月の光をその場面に呼び込み、近隣の音や声を描く前提を形成している。また、灯火や灯明が外に漏れるという場面形成も、「板屋」であることによってはじめて可能となるといえよう。

夕顔の物語では、板屋の隙間が多いという特性を活かして、外から漏れ来たる月の光や聞こえてくる音やその隙間を通して逆に外へ漏れる灯火や灯明を描き、物語に現実感を出している。一方それが廃屋の美的世界や鬼気迫る変化めく世界[26]として現実を越えるものとしてあったことを語る。つまり、夕顔という女君は、「板屋」と密接な関わりを持って造型され、源氏と関わりを持った女君の中で存在感を示しているのである。

註

（1）奥津春雄は、「月の都——紫式部の『竹取物語』摂取の方法——」（『国文学研究』第四三集、一九七一年一月）で『竹取物語』引用について指摘し、今井源衛は、「浮舟の造型——夕顔・かぐや姫の面影をめぐって——」で浮舟との関連でそれを示唆している（『源氏物語の思念』、笠間書院、一九八七年、一三六頁）。

（2）小嶋菜温子『『源氏物語』の〈闇〉とエロス——スサノオ・かぐや姫から夕顔・玉鬘へ——』季刊『iichiko』No. 35、一九九五年。

（3）大井田晴彦「『竹取物語』引用をめぐって――光源氏と夕顔――」『人物で読む『源氏物語』第八巻――夕顔』勉誠出版、二〇〇五年、三一二頁。
（4）栗山元子「夕顔」語句の解釈の「板屋」の項、『源氏物語の鑑賞と基礎知識』二〇〇〇年一月、至文堂、九一頁。
（5）歌番号、表記は、『訳文　萬葉集』（鶴久、おうふう、一九九三年）による。
（6）新編日本古典文学全集『萬葉集』①頭注、三七一頁。
（7）新日本古典文学大系『続日本紀』二、岩波書店、一九九〇年、一五七頁。
（8）他にも、源正頼（藤原の君）の妻、女一の宮の母、后の宮の邸は、「母后の宮、三条大宮のほどに、四町にて、厳しき宮あり。朝廷、修理職に仰せ給ひて、左大弁を督して、四町の所を四つに分かちて、町一つに、檜皮のおとど・廊・渡殿・蔵・板屋など、いと多く建てたる」（藤原の君、六八頁）、源正頼邸の男君たちの住まいも、「男君たちは、ある限り、廊を御曹司にし給ひて、板屋を侍にしてなむありける」（藤原の君、七〇頁）、源正頼邸の大宮腹の既婚の女君たちが住んでいる町の絵指示には、「これは、御子どもの住み給ふ町。おとど六つ、板屋十まりに、蔵どもあり」（藤原の君、七九頁）、上野の宮の邸の絵指示には、「ここは、上野の宮。おとど四つ、板屋十、蔵あり。池広し。山高し」（藤原の君、八二頁）、と描かれ、板屋は、おとど（寝殿）の付属物として作られたものばかりである。中でも、源正頼（藤原の君）の妻、女一の宮（大宮）の御殿は、「板屋なく、ある限り檜皮なり」（藤原の君、六八頁）とその豪勢さを板屋がないことで強調している。本文は、『うつほ物語 全 改訂版』（おうふう、一九九五年）による。
（9）公任の同母の姉妹の女御殿、諟子の家が不如意で檜皮を葺くことができずに板屋になっている様子である。
（10）日本古典文学大系『菅家文草 菅家後集』「雨夜」岩波書店、一九六六年、五一五頁。
（11）註（10）に同じ（五一六頁）。
（12）久保田淳・馬場あき子編『歌ことば歌枕大辞典』「板間」の項による。角川書店、一九九九年。
（13）良暹法師の「板間より月のもるをもみつるかなやどはあらしてすむべかりけり」（新編『国歌大観』第二巻、後葉集・四六八）、歌僧俊恵の「吹く風にかつや板間のあれまさるまくらに月の影のもりそふ」（新編『国歌大観』第三巻、林葉集・四九四）などがそうである。新編『国歌大観』第二巻、一九八四年、第三巻は一九八五年、両方とも角川書店。

（14）註（13）の新編『国歌大観』第三巻、順集による。

（15）和歌文学大系『三十六歌仙集（二）』補注による。明治書院、二〇一二年、三三七頁。

（16）註（15）に同じ。

（17）『平安朝歌合大成』第二巻、同朋舎、一九五八年、四三二頁。

（18）註（17）に同じ（四三二頁）。

（19）川村晃生『摂関期和歌史の研究』三弥井書店、一九九一年、一四頁。

（20）犬養廉「河原院の歌人達――安法法師を軸として――」『平安和歌と日記』笠間書院、二〇〇四年、二一二頁。

（21）吉海直人は、「「暁」という時間帯は、男が女の元を去らなければならない時刻であった」と指摘する。「『源氏物語』夕顔巻の「暁」――聴覚の多用――」『國學院雑誌』第一一一巻第四号、二〇一〇年四月。

（22）註（21）に同じ。

（23）吉井美弥子「『源氏物語』正編の「声」」『読む源氏物語　読まれる源氏物語』森話社、二〇〇八年、一七頁。

（24）新編日本古典文学全集『今昔物語集』③「碁擲寛蓮値碁擲女語第六」二五五頁。

（25）手習巻の中将の和歌に「山の端に入るまで月をながめ見ん閨の板間もしるしありやと」（手習⑥三一八頁）と詠み込まれており、妹尼の住まいが板屋であったことが分かる。

（26）天野紀代子が夕顔の遺体安置場所について、「そこは粗末な板屋で、女房の右近が泣く声と、外では無言念仏がしめやかに行われているだけだ。鬼気迫る異様な雰囲気」と述べ（「夕顔・葵――物の怪による死と哀悼――」『跳んだ『源氏物語』――死と哀悼の表現――』新典社、二〇〇九年、五一頁）、また、註（4）書の当該箇所の鑑賞欄にも、「東山の鬼気迫る光景」（一六三頁）とある。

住 5 「中の戸開けて」対面する紫の上——六条院の秩序との関わりにおいて——

はじめに

若菜上巻には、六条院へ降嫁する女三の宮とそれに伴う紫の上の苦悩が語られる。紫の上と女三の宮の対面が語られるのは、そうした経緯の中である。

対の上、こなたに渡りて、対面したまふついでに、「姫宮にも、中の戸開けて聞こえむ。かねてよりもさやうに思ひしかど、ついでなきにはつつましきを、かかるをりに聞こえ馴れなば、心やすくなむあるべき」と、大殿に聞こえたまへば、うち笑みて、「思ふやうなるべき御語らひにこそはあなれ。いと幼げにものしたまふめるを、うしろやすく教へなしたまへかし」とゆるしきこえたまふ。

（若菜上④八七頁）

女三の宮は六条院の南の寝殿の西面に住んでおり、その東面に懐妊のため明石の女御が里下がりすることになる。養母である紫の上は、明石の女御と対面するために、東面に行こうとする。その機会に「中の戸開けて聞こえむ」と、女三の宮への対面を、紫の上は源氏に願い出る。源氏は、その対面は望むとおりの親交であり、女三の宮は「いと幼げ」であるので優しく教えてほしいと、許可するのであった。

自身が許可するだけではなく、「かの対にはべる人の、淑景舎に対面せんとて出で立つ、そのついでに、近づききこえさせまほしげにものすめるを、ゆるして語らひたまへ」（若菜上④八七、八八頁）と、源氏は女三の宮のもとへ行き、許可を懇請している。それに続いて、「かく出で立ちなどしたまふものから」（若菜上④八八頁）と、紫の上の方が寝殿に出向くことが、「出で立つ」の語の二度の繰り返しによって強調される。そして、「我より上の人やはあるべき」（若菜上④八八頁）と、自分が六条院最高の地位であることを確認しつつも、実は、懊悩する女であったことに気付かされる紫の上の屈折した心境が語られる。そういう情況における対面が、「中の戸開けて」であったと、二回繰り返される。この対面の方法には、注目させられる。

　この場面の「中の戸開けて聞こえむ」の従来の解釈では、斎藤暁子が「紫上が自ら下位者である事を表明に赴く[1]」、鈴木日出男が「自ら謙抑の態度に出て挨拶に出向かねばならない[2]」と、上下関係のある中での対面として捉えている[3]。それをふまえて「女君たちの関係の再編」という観点から、森野正弘は解釈する[4]。

　一方、「中の戸」の実態とは何かについて、早く、吉沢義則の「「中の戸」とあるのは隔意を除いての意をおもしろく言ったもの[5]」という説もあり、新編全集頭注にも、「「中の戸」に隔意、の意をこめる。紫の上が、こちらから宮に対面したいと願い出るのは、女三の宮を正妻と認め、卑下した態度。紫の上自身屈辱を感じている[6]」と、その説が踏襲されている。

　このように、たとえ「中の戸開けて」の対面に、「隔意を除いての意」を読み取ることができるとしても、なぜ「中の戸」でなければならなかったのだろうか。また、「中の戸」を開けての対面は、はたして「下位者としての礼をとる」といった上下関係として読めるのであろうか。六条院に女三の宮が降嫁して初めての対面であることを念頭に置けば、その対面の仕方は重視されなければならない。その重要な対面に、紫の上は「中の戸開けて」という方法を、なぜ望むのであろうか。

本章では、「中の戸開けて」の対面の意味を考え、さらに、そうした対面を望む紫の上のありようを、六条院の秩序との関わりにおいて考察したい。

一 「中の戸」とは

『源氏物語』の「中の戸」の用例は四例、「中の塗籠の戸」を加えると五例見られる。[7]「中の戸」は「中（内）の障子」ともいわれたらしく、[8]その例を含めると、『源氏物語』には九例認められる。他に、「廂の中の御障子」[9]が一例ある。

さて、紫の上が「中の戸開けて」の対面を申し入れる「中の戸」とは、どのようなものであろうか。

「中の戸」とは、裏松固禅の『院宮及私第図』の研究[10]』には、寝殿造建築の母屋の中央を東西に仕切る戸として描かれる（南北棟の対屋では南と北の仕切りとなる）。[11]当該場面の「中の戸」について、玉上琢彌が「「中の戸」は、間の隔ての戸、おそらく襖障子であろう」とし、その「中央の一間は馬道（中廊下）であることも考えられる」と述べる。[12]『源氏物語』馬道があったかどうかはまだ明らかではない[13]が、その位置関係については母屋を仕切っているらしい。『源氏物語』では「中の戸」と「中（内）の障子」は同じものとして扱われ、寝殿造の母屋の東西を仕切るものとして繰り返し使われる。

そもそも障子は、池浩三によれば、「当初」「柱間に嵌めこむ間仕切」であり、「のちに」「随時に通り抜けできるように工夫された」とされる。[14]空間と空間を仕切りながら、両者の空間に出入りすることができる遮蔽物が「戸」の役目となったのは、後のことであったのだ。「中の戸」は、その本来の障子の機能、すなわち、空間を仕切る機

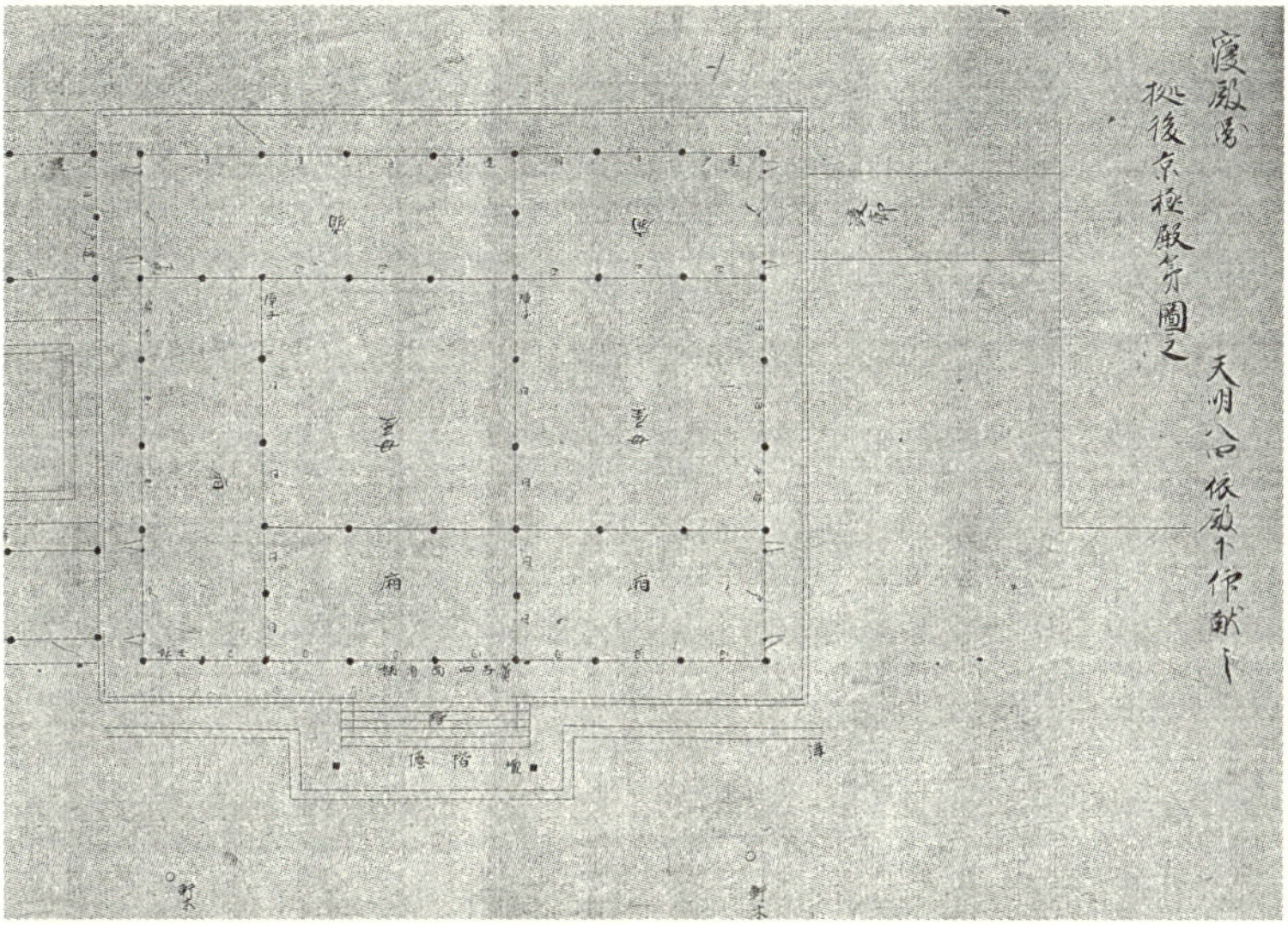

図3

能を有し続けたのではなかろうか。「中の戸」と「中の戸」の間に馬道（中廊下）の存在が考えられるのも、「中の戸」が部屋を仕切り続ける、いわば壁と同じような役目を有していたことを窺わせる。二枚の引違い戸になるまで通り抜けができなかった「障子」が、二枚の引違い戸になって、物理的に開閉ができるようになっても、部屋を仕切り続ける、いわば壁と同じような役目は、「中の戸」にそのまま残ったといえよう。それは、宇治の大君が「仏のおはする中の戸を開けて」（総角⑤二三二頁）と、仏間との隔てをとり払って薫と対面しようとしたことからも分かる。「中の戸」は通常開け放しにはされず、隔てとしての役目を果たしていたといえよう。つまり、「中の戸」には「障子」の遮蔽する機能が残っており、通常開いたままにされることが少なかった。

『源氏物語』という作品は、そのような「中の戸」を隔てて、二つの異質な空間がせめぎ合う場面が設定されることが多い。たとえば、出家している女五の宮と出家を迷っている朝顔の君は桃園宮邸の母屋の東西に住み、物の怪に苦しむ一条御息所と夕霧に求愛される落葉の宮は小野山荘の東西に居住し、鬚黒によって参内させられた、正妻の座を奪った玉鬘は承香殿の東面に局し、「馬道ばかりの隔てなるに、御心の中ははるかに隔たりけんかし」（真木柱③三八一頁）と、鬚黒の北の方の姉妹である王女御との懸隔が語られる。「中の戸」を境に相互に違う論理があり、対比的な構造を示している。倉田実も、八種類の「中の戸」を隔てた住み分け例を説明する。[15]

それぞれ異なった論理構造で生活する境目の「中の戸」を、もう一度一つのものにする例は、『うつほ物語』にある。下山した実忠が北の方と住む場面がその例といえよう。

なほ、世の人の心を慎みて、北の方には物も聞こえ給はず。塗籠はなくて、中戸を立てて、東の方には北の方、西には中納言と、いと疎々しうて、女も召し使ひ給はず、使ひつけ給へる男をのみ召し使ひ給ひつつおはす。
（『うつほ物語 全 改訂版』国譲・中、おうふう、七三七頁）

この場面では、正式な対面がまだできていない情況の下、「中戸」を隔てて、実忠と北の方が東西の間に住んでいるのであった。その「中戸」の出入りを、「隔て給へど、北の方には、人の寝静まりたる夜々などに、みそかに入りて（新編全集には、「中戸より密かに入りて」（国譲中③二三八頁）と「中戸」が明記される）、時々物など聞こえ給へど、ゆめに人には知られ給はず。（略）昼つ方、御文書きて、中戸のもとにて、姫君を招き寄せて」（『うつほ物語 全 改訂版』国譲・中、おうふう、七三八頁）と、「夜々などに、みそかに」通っていたとある。出家して未練がないように言っていた実忠が夜密かに出入りしたのも、「中の戸」であった。「中の戸」は、人には見られないところで対面できる「戸」なのである。

『源氏物語』では、「中の戸」を隔てて住む玉鬘の大君、中の君が語られる。

見れば、姫君二ところうち語らひて、いといたう屈じたまへり。夜昼もろともにならひたまひて、中の戸ばかり隔てたる西東をだにいといぶせきものにしたまひて、かたみに渡り通ひおはするを、よそよそにならむことを思すなりけり。（竹河⑤八九、九〇頁）

この場面の大君と中の君は、母屋の西と東に住んでおり、「中の戸ばかりを隔てたる」と、「中の戸」だけが隔てになっているが、それをさえ「いといぶせきもの」としながらお互いに通い合っているとある。二人は、部屋の間にある「中の戸」をうっとうしい遮蔽物として捉えている。「かたみに渡り通ひおはする」とは、公的な訪問ではなく、冷泉院への参院を間近に控えた姉大君と妹中の君の私的な交流である。ここでは相互に行き来しているが、姉妹の空間を仕切るものが、「中の戸」であったことは確かである。

このような「中の戸」の私的交流が、閉ざされる場合もある。夕霧と雲居雁の場合、「人しづまるほどに、中障子を引けど、例はことに鎖し固めなどもせぬを、つと鎖して、人の音もせず」（少女③四八頁）と、いつもは錠をおろすこともなかった「中障子」に鍵が掛けられる。そのことによって、二人は成人した男と女という位置を自覚させられる。この場面のように「中障子」が、遮蔽されて密かな出入りもできない隔てとなることもある。

その戸を、邸の主人の光源氏だけは行き来する。

・花どもを心苦しがりて、え見棄てて入りたまはず。（略）大臣のいとけ遠くはるかにもてなしたまへるは、かく、見る人ただにはえ思ふまじき御ありさまを、至り深き御心にて、もしかかることもやと思すなりけりと思ふに、けはひ恐ろしうて、立ち去るにぞ、西の御方より、内の御障子ひき開けて渡りたまふ。
（野分③二六五、二六六頁）

・院は、姫宮の御方におはしけるを、中の御障子よりふと渡りたまへれば、えしもひき隠さで、御几帳をすこし引き寄せて、みづからははた隠れたまへり。
（若菜上④一二四頁）

いずれも、六条院春の町寝殿の「中（内）の御障子」を渡ってくる光源氏である。前者は、野分の日、西面の明石の姫君のもとから東面の紫の上の所へ、後者は、西面の女三の宮のもとから東面の明石の女御の所へ、源氏が渡ってくるのである。後者の場面の「中の御障子よりふと渡」ってきた表現からも、源氏が女三の宮のもとから明石一族の結束が固められようとしている所へ許可もなく、「ふと」入ってきたことが分かる。これらの場面はその出入りの様子から、前述の密かに出入りする「中の戸」の機能としても捉えられようが、特に邸の主人の「中の戸」の開閉は、自由であったのである[16]。

ここまで述べてきた「中の戸」は、褻の場面におけるものであるが、寝殿とはもともとは儀式のために作られたものであり[17]、政治的・社会的に外に開かれる晴れの儀式の時は「適宜取り外されたりした[18]」とある。晴れの場では、「中の戸」が開けられることによって空間が一体化される。女楽の場面の「廂の中の御障子を放ちて」（若菜下④一八六頁）は、その例と考えられる。「廂の中の御障子」を開け放ったことは、別々に機能していた空間が一つのものになり、みんなが集う空間ができたことになる。

以上、「中の戸」の実態について考察してきた。その機能は、母屋を東西に区切るものであり、その邸の主人は、

「中の戸」の区切るという機能を利用して、人々を住み分けさせたのである。そこに住む人々は、「中の戸」を隔てることによって区画されたそれぞれの部屋で生活していた。「中の戸」は、その仕切りの戸ということになろう。仕切るのは、部屋だけでなく、人々をも区分したのである。

二　対面とその作法

「中の戸」について考察してきたが、さらに住む人々が「中の戸」を開けて会うことを論じようとすると、対面時の身分差のことを考えておかねばならない。

対面する時に顕在化する身分の格差については、三条公房が記した『三条中山口伝』[19]に明らかにされている。その口伝とは、「出入りの門や間、対面の場や作法について、身分や立場によって異なるさまざまな故実が存在した」[20]ことを知る資料であり、客や使者が主人に会う場合は、簀子から上がり、身分によって廂、母屋まで入って会うことができるという作法が記される。『源氏物語』の対面においても、朝顔の君と女五の宮は「同じ寝殿の西東に」（朝顔②四六九頁）住んでいたのだが、源氏が女五の宮から朝顔の君のもとへ行くのは「やがて簀子より渡りたまふ」（朝顔②四七三頁）と、「中の戸」を開けてではなく、簀子から行くという方法をとっている。

末松剛が「いわゆる寝殿造建築は、母屋・廂・孫廂・簀子・階・庭上という高さと距離とによって、参加者の身分秩序を可視化する装置であった」[21]というように、寝殿造建築は身分秩序を顕在化する機能を持っていた。対面においても六条院という寝殿造建築では、身分の差が顕れるのが通常であった。たとえば、柏木が六条院の試楽に参上して源氏に対面する場合も、「例の、け近き御簾の内に入れたまひて、母屋の御簾おろしておはします」（若菜下

④二七四頁）と源氏は母屋に、柏木は廂の間にいることになる。この場合も、身分の上下差の明らかな対面の作法通りであったと考えられる。

さて、紫の上が「中の戸開けて」の方法によらずに対面しようとするなら、どういうふうになるのであろうか。まず邸の持ち主である源氏の許可をとり、女三の宮の許可をとることになるだろう。『三条中山口伝』において「簀子」「廂」「母屋」と対面の場所が記されていることを勘案すれば、たぶん、紫の上の住む東の対から渡殿を通り、簀子を通って寝殿の西面の廂の間に上り、そこで女三の宮の意向に従うことになろう。その対面は、長押の下の廂の間と上の母屋という位置で行われるのではなかったか。しかし、「中の戸開けて聞こえむ」の紫の上の申し出によって、女三の宮と紫の上の対面は、母屋と廂の間でのものにはならなかった。さらに、「中の戸開けて」の対面の意味を考えたい。

三 「中の戸開けて」の対面の意味

対面において、「中の戸」が開けられる例をまず見てみよう。『栄花物語』の大宮（中宮）威子と女院彰子の対面が、「中の戸あけて」と語られる。

女院入らせたまへり。上の御局におはしまして、（略）大宮よさり上らせたまひて、中の戸あけて御対面あるほど、いとやすらかに疎からず、めでたき御あはひなり。よき人の御あはひは、恥ぢかはしまうさせたまひて、つゆけはひも漏らさじとつつみ、女房なども心したり。内、東宮渡りおはしますも、いとめでたしともおろかなり。

（巻第三十一「殿上の花見」③二二〇、二二一、二二二頁）

長元六（一〇三三）年、賀茂祭が過ぎた頃、女院彰子が上の御局に入御し、大宮（中宮）威子が夜になって内裏に行って対面をする。女院彰子と大宮（中宮）威子は姉妹である。この場面は、大宮（中宮）威子（当時直廬は藤壺）が「大宮よさり上らせたまひ」とあるように、夜になって内裏に行き、弘徽殿の上の局[22]の女院彰子に対面するのである。その時、上の局にある「中の戸」が開けられて、対面したと考えられる。ここでの対面は「中の戸あけて」であるから、上下関係が顕れてこないのである。その対面は、「いとやすらかに疎からず、めでたき御あはひなり」と評価されている。たとえ二人が疎遠であったとしても、「中の戸開けて」の対面が人々にはそのように見えたことを示している。

他にも、『栄花物語』には、「中の戸」を開けての対面が語られる。

中宮の上の御局は、院のおはします西なり。例の藤壺の上の御局なり。渡らせたまひて、中の戸あけておはします。今姫宮とも申しつべく若くをかしげにはなばなとめでたく、花を折りたるやうにておはします。「あなかたじけな。この上におはしませ」と申させたまへど、いと狭きほどなれば、なほ下におはします。東の方よりうち渡らせたまひて、長押におしかからせたまひておはします。左右に、帝、后を下に据ゑたてまつらせたまひておはします院の御有様こそ、今始めぬことなれど、なほいとめでたけれ。

（巻第三十七「けぶりの後」③四一八、四一九頁）

治暦三（一〇六七）年五月、高陽院内裏での女院彰子と中宮章子内親王との対面である。この二人の対面は、「中の戸あけて」のものであったが、結果的に女院彰子が上段の間にいて中宮章子が「廂の間にいる」[23]こととなった。それは、狭かったからと語られるように、「中の戸あけて」の本来あるべき対面の仕方ではなかった。事実、中宮章子が「廂の間にいる」ことを、女院彰子は「あなかたじけな」としているように、「中の戸あけて」の対面は同じ位置で対座するものであったのだろう。これらの『栄花物語』の「中の戸あけて」の対面は、平穏な間柄と見え、「いとめでたし」「いとめでたけれ」と語られる。

他に、『枕草子』の「淑景舎、東宮にまゐりたまふほどの事など」の段に、中宮定子とその妹で東宮（後の三条帝）妃となる原子の対面のことが、「障子のいと広うあきたれば」（二〇一頁）とあり、登華殿東廂の二間の中の障子を開けての対面であったことが知られる。

彰子と威子、彰子と章子、定子と原子の対面例から、女院と中宮、中宮と東宮妃という高貴な女君で、姉妹や祖母と孫（叔母と姪）などの間柄の対面に、「中の戸」を開けて会うという方法がとられることが分かる。以上の例は、内裏におけるものであるが、「中の戸」を開けて会うということ自体が、先に、『うつほ物語』の実忠と北の方、『源氏物語』の玉鬘の大君と中の君の交流等で考察したとおり、内々に、身分差を取り払って会うという意味合いを持っているのである。

紫の上の場合、「姫宮にも、中の戸開けて聞こえむ」と願い出たのは、「対面したまふついでに」「ついでなきにはつつましきを、かかるをりに」とあるように、明石の女御が里下がりした折に、女三の宮にも対面したいということであった。「ついで」という言葉が使われるのは、紫の上が明石の女御に対面する「ついで」である。そういう「ついで」ではあるが、実は女三の宮降嫁後の初めての女御の里下がりであることを考えると、隣どうしに住む宮と女御の間の挨拶は欠かせない。その挨拶が、宮は内親王、女御は東宮妃であるから、二人の部屋の仕切りの「中の戸」を開けてのものになると、紫の上には予測されたのであろう。紫の上は、その場に居合わせて、便乗して女三の宮と対面しようとしたのである。

言い換えれば、紫の上が「中の戸開けて聞こえむ」と言ったのは、紫の上と女三の宮が二人で対面するのではなく、女三の宮と明石の女御の対面の場を借りて会うということであったのだ。紫の上は、身分差が顕わにならない「中の戸開けて」の対面において、明石の女御の母という立場で女三の宮に会おうとしたのである。宮と紫の上との円満な関係を成立させる上で、明石の女御の母という立場は必要であった。「中の戸開けて」の対面は、従来言われていたような「下位者としての礼をとる」といったものではなかったことが分かる。

松井健児が六条院の構造を、「衣装と贈与の政治学」として光源氏の差異化と隠蔽という視点から論じる。[24]その読み取りは刺激的であったが、同じ構造で、「中の戸開けて」の対面も、女三の宮との関係、さらには六条院の女君たちのそれを、上下関係ではなく切り結ぼうとした紫の上がとった独自の方法であった。[25]つまり、女三の宮降嫁によって内的崩壊が始まろうとする六条院を、なおも光源氏を頂点とする安定した世界として治めようとした方法が、「中の戸開けて」の対面であったのである。

四　「中の戸開けて」の対面とその後

こうして行われた対面における紫の上に、どのような姿を見ることができるのであろうか。実際の対面はどうであったのであろうか。

御物語などいとなつかしく聞こえかはしたまひて、中の戸開けて、宮にも対面したまへり。いと幼げにのみ見えたまへば心やすくて、おとなおとなしく親めきたるさまに、昔の御筋をも尋ねきこえたまふ。（略）「いとかたじけなかりし御消息の後は、いかでとのみ思ひはべれど、何ごとにつけても、数ならぬ身なむ口惜しかりける」と、やすらかにおとなびたるけはひにて、宮にも、御心につきたまふべく、絵などのこと、雛の棄てがたきさま、若やかに聞こえたまへば、げにいと若く心よげなる人かなと、幼き御心地にはうちとけたまへり。

（若菜上④九〇～九二頁）

実際に会ってみると、女三の宮は「いと幼げにのみ見え」たので紫の上は安心したと語られる。そう見えたということは、それが紫の上の女三の宮への評価を示すことになるが、三村友希は、この場面に「〈大人〉の〈母〉役割と〈子ども〉の無邪気な歩み寄り」を果たした紫の上を読み取り、「女三の宮が気に入るような話題、すなわち絵や雛遊びについて、「若やかに」（若菜上④九一）語りかけたのであった」と指摘する。(26) 紫の上の余裕を持ちつつ相手に合わせる包容力に、女三の宮は「うちとけ」ていったのである。この二人の様子から、対面が表面的には無事に行われたことが分かる。紫の上の内心がどうであれ、「けはひ」は「やすらかに」見え、対面の外側は繕われたことになる。

無事に終わったこの対面の「さて後」（若菜上④九二頁）が、「疎からず聞こえかはし」「事なほりて」（若菜上④九二頁）と語られる。これまで世間で取り沙汰されていた紫の上と女三の宮の関係が、この対面を機縁として治まり、「めやすく」（若菜上④九二頁）と、外面的には見苦しくない情態になったのである。つまり、世間で噂されていた女三の宮の降嫁による紫の上の地位の揺らぎは、この対面によって外見的に取り繕われた。

このような成功裏に対面を終えることができたのは、「春宮の御方は、実の母君よりも、この御方をば睦ましきものに頼みきこえたまへり」（若菜上④九〇頁）とあるように、紫の上と明石の女御が母と子という強い紐帯で結ばれていたからであろう。紫の上はそういう関係に身を置いての「中の戸開けて」の対面を、明言して願い出て許可を得たのであった。つまり、「中の戸開けて」という方法は、紫の上と女三の宮の身分差をひとまず見えなくする演出であった。

しかし、外側は屈辱を取り繕っていたけれど、六条院の正妻となった女三の宮のもとへの対面に出向くことに、「我より上の人やはあるべき、身のほどなるものはかなきさまを、見えおきたてまつりたるばかりこそあらめ」（若菜上④八八頁）と、胸を破ってくる悲しみ、痛み、悔しさを紫の上が感じていることは確かである。紫の上自身が結婚した時の対世間的に認められなかったことへの悔いとでもいおうか。そして、「わが身には思ふことありけり」（若菜上④八八頁）と、懊悩する我が身に気付く紫の上が語られる。

この対面によってしばらくは、六条院の表面的平和の達成感がそこにはあった。「中の戸開けて」の対面は、心のほころびを包み隠した紫の上の必死の動作と見るべきではないだろうか。

結びに

降嫁に伴い、六条院が女三の宮を頂点として再編されつつあった。そういう中で、六条院春の町寝殿の東面に明石の女御が里下がりして、西面の女三の宮とは隣り合わせに住むこととなる。その二人の挨拶の折に、紫の上は女三の宮と対面しようとしたのである。

宮の降嫁という異例の事態を招いた六条院を、力の限りを尽くして紫の上は治めようとした。その外面の取り繕いと内面の落差が生きる気力を奪い、病に寄りすがっていく以後の紫の上の原点を、この対面は示すことになる。「中の戸開けて」の対面によって、上下関係が取り外され、女君たちがきらめきを持ちつつ連帯する六条院の秩序が、維持されたかに見えたのであった。紫の上が内面の痛みを隠して六条院を平穏に治め、維持していくことに、「中の戸開けて」の対面は寄与したのである。六条院物語は、女三の宮の降嫁という事態に対して、この時点では、紫の上の機転と精一杯の努力によって内的崩壊を食い止めたことになろう。

註

（1） 斎藤暁子「紫上の挨拶――若菜巻に於ける――」『源氏物語の研究――光源氏の宿痾――』教育出版センター、一九七九年、二六九頁。また、渋谷栄一「若菜上（後半）」「鑑賞欄」の「挨拶の礼儀」の項にも、「目下の者が目上の方の前に参上する」とある。『源氏物語の鑑賞と基礎知識』至文堂、二〇〇〇年一二月、二七頁。

（2） 鈴木日出男「女三の宮降嫁後――六条院世界の相対化（一）」『源氏物語虚構論』東京大学出版会、二〇〇三年、八五五頁。

（3） 丸山キヨ子（「紫上小論――紫上理解に関わる三ヶ所の解釈を中心に」『香椎潟』第二七号、一九八二年三月）、関根慶子（「「若菜」より「御法」にいたる紫上」『源氏物語の探究』第八輯、源氏物語探究会編、一九八三年）、今井久代（「「隔て心なき」仲のかたち――紫の上と光源氏の和歌――」『源氏物語構造論――作中人物の動態をめぐって』風間書房、二〇〇一年）、伊井春樹（「紫上の悔恨と死――二条院から六条院へ、そして二条院へ――」『源氏物語論とその研究世界』風間書房、二〇〇二年）、平林優子（「紫の上の苦悩――「妻」として、「母」として」『源氏物語女性論　交錯する女たちの生き方』笠間書院、二〇〇九年）も同様の立場をとる。

（4）森野正弘は、「この対面の場を通して」「女三の宮を頂点とするヒエラルキーが形成され、自分がそのヒエラルキーの階層のどこに帰属するかを知ることにより、女君たちの関係の再編が行われてゆく」と指摘する。「六条院のシステム分化——明石の君の位相領域——」註（1）『源氏物語の鑑賞と基礎知識』。

（5）『對校源氏物語新釋』（三巻）頭注による。国書刊行会、一九七一年、三三六頁。

（6）新編日本古典文学全集『源氏物語』若菜上④八七頁、頭注（二一）。

（7）紫の上と女三の宮の対面の場合に二例、玉鬘の大君、中の君が「中の戸ばかり隔てたる西東」（竹河⑤八九頁）に住む場面に一例、宇治の大君が「仏のおはする中の戸を開けて」（総角⑤二三二頁）薫と対面する場面に一例、落葉の宮の母子が「中の塗籠の戸開けあはせて」（夕霧④四二二頁）対面する場面に一例、用いられる。

（8）「中の戸」について、新編日本古典文学全集『紫式部日記』の「中戸」の頭注（二八）には「母屋の中の間の戸。板戸ではなく、襖障子」（一五六頁）、『源氏物語』の夕霧と雲居雁が隔てられる「中障子」の新編日本古典文学全集頭注（七）には「二つの部屋の仕切りをしている襖障子」（少女③四八頁）とある。「中の戸」と「中障子」は、同義として捉えられる。

（9）廂（庇）にある場合は「廂（庇）の中の御障子」と「廂（庇）の」が付いており、母屋の「中の戸」あるいは「中（内）の障子」とは設置場所が異なる。

（10）中央公論美術出版、二〇〇七年。

（11）「障子」と記される。それが「中の戸」であることは、註（8）の考察から分かる。

（12）玉上琢彌「竹河」『源氏物語評釈』第九巻、角川書店、一九六七年、三六二頁。

（13）石田穣二も同じ「中の戸」について、「寝殿の中央は、いはゆる階の間で、柱間一間である」ことから、「恐らく中央の一間を、馬道の如く南北に貫通せしめて、これを以て東西の隔てとしてゐたものであらう」と、玉上琢彌と同様に捉える（「源氏物語の建築」『源氏物語論集』桜楓社、一九七一年、三七三頁）。増田繁夫は、「当時の母屋」が「五間七間などと奇数間である」ことを根拠としながら、「中央に馬道を通すのが古い型式」であることを指摘する

（「源氏物語の建築――寝殿の構造・柱間・中戸・二間・塗籠・土御門殿の寝殿――」『源氏物語と貴族社会』吉川弘文館、二〇〇二年、二一七頁）。

(14) 池浩三「寝殿造の隔て」『源氏物語――その住まいの世界――』中央公論美術出版、一九八九年、二〇六、二〇七頁。川本重雄も同様に捉える（「寝殿造の成立とその展開」の「襖障子の成立」の項。『王朝文学と建築・庭園』竹林舎、二〇〇七年、二〇頁）。

(15) 倉田実は「（1）麗景殿女御邸は麗景殿女御と花散里。（2）桃園宮邸では女五の宮と朝顔君。（3）大宮邸で育った夕霧と雲居雁（以下略）」と、八例指摘する。「『源氏物語』の建築語彙――寝殿造の構造――」註（14）『王朝文学と建築・庭園』二〇〇七年、四二、四三頁。

(16) 増田繁夫は「主人の母屋から母屋への移動には、庇を用いたりしないのである」と、指摘する。（註（13）増田論文、二一五頁）。

(17) 太田静六「寝殿造の形成過程」『寝殿造の研究』吉川弘文館、一九八七年、二四頁、池浩三「源氏物語の世界」『復元の日本史　王朝絵巻――貴族の世界』毎日新聞社、一九九〇年、川本重雄「寝殿造の空間的特質」『寝殿造の空間と儀式』中央公論美術出版、二〇〇五年、三頁。

(18) 池浩三、註（14）書、二〇九頁。また、寛弘五年十月十六日の土御門邸での一条天皇と若宮の対面の折には、儀式として開けられたと考えられる。註（8）『紫式部日記』一五七頁、新編日本古典文学全集『栄花物語』巻第八「はつはな」①四一四頁。

(19) 『三条中山口伝』とは、三条公房が嘉祿――建長の間に「亡父実房と外舅忠親の口伝を記したもの」であろうと推定される（『群書解題』第二十一巻、一九六二年）。

(20) 末松剛の「建築史・庭園史研究との関わり」の注（33）に記される。『平安宮廷の儀礼文化』吉川弘文館、二〇一〇年、二二〇頁。

(21) 註（20）書に同じ、一一一頁。

(22) 新編日本古典文学全集『栄花物語』巻第三十一「殿上の花見」③二二〇頁、頭注(二)及び松村博司『栄花物語全注釈』(六)の語釈「上の御局」の項による。角川書店、一九七六年、二六八頁。
(23) 松村博司『栄花物語全注釈』(七)の語釈によれば、「ここは女院が上段の間(母屋)におり、帝と中宮は廂の間にいる」とある。角川書店、一九七八年、二〇五頁。
(24) 松井健児「源氏物語の王朝——贈与と饗宴」『源氏物語の生活世界』翰林書房、二〇〇〇年。
(25) 註(24)参照。
(26) 三村友希「幼さをめぐる表現と論理」『姫君たちの源氏物語——二人の紫の上——』翰林書房、二〇〇八年、四〇頁。

使用図版一覧

Ⅱ　衣食住から見た物語の身体
衣　1「単衣」を「ひきくくむ」落葉の宮
図1　単と紅の袴を着ける雲居雁『木版本源氏物語絵巻』（五島美術館蔵）
住　4 板屋と夕顔
図2　『洛中洛外図』（京都国立博物館蔵）
5「中の戸開けて」対面する紫の上
図3　裏松固禅『「院宮及私第図」の研究』（中央公論美術出版）

初出一覧

はじめに…書き下ろし

Ⅰ　物語の過去・現在・未来

1　「いにしへ」を思う夕霧――雲居雁、落葉の宮関係の収束に向けて――…書き下ろし

2　八の宮の「亡からむ後」――源氏物語の「〜後」という表現――
（原題「「宇治十帖」時間の論理――「〜後」表現を考える――」『物語研究』第一〇号、二〇一〇年三月）

3　「暇なき」薫――京と宇治往還をめぐって――

（原題「「宇治十帖」の論理――薫の時間――」三田村雅子編『源氏物語のことばと身体』青簡舎、二〇一〇年一二月）

4　補完し合う中の君物語の「今日」――場面を繋ぐ機能として――…書き下ろし

5　せめぎ合う浮舟の「今日」――「宇治十帖」時間表現の一手法――
（原題同じ。『中古文学』第九三号、二〇一四年五月）

6　切迫する浮舟の「ただ今」――偶然を生きる匂宮との関わり――…書き下ろし

Ⅱ　衣食住から見た物語の身体

1　「単衣」を「ひきくくむ」落葉の宮――夕霧の衣との比較から――

（原題同じ。『解釈』第五九巻第三・四月号（通巻六七集）、特集古代、二〇一三年四月）

2　「物聞こしめさぬ」落葉の宮――婚礼の食を軸として――
（原題同じ。『物語研究』第一四号、二〇一四年三月）

3　「物まゐる」浮舟――再生としての食――
（原題「浮舟物語の食――食の位相にひき据えられる女君――」『物語研究』第一一号、二〇一一年三月）

4　板屋と夕顔――その住まいの意味するもの――……書き下ろし

5　「中の戸開けて」対面する紫の上――六条院の秩序との関わりにおいて――
（原題「『源氏物語』「中の戸開けて」対面する紫の上――六条院の秩序との関わりにおいて――」『日本文学』第六三巻一二号、二〇一四年一二月）

＊収めた原稿には、必要に応じて加筆・訂正を加えた。

あとがき

一九六七年の春、当時、広島大学の四年生だった私は、故稲賀敬二先生の御指導の下、卒業論文で『源氏物語』を研究の対象にしたいと考えていた。しかし、それを研究対象として論文を書くには、教員採用試験の準備に忙しく、時間的に無理であることを自覚したのであった。そこで、対象を『蜻蛉日記』に変更し、源氏物語研究へはいつか帰りたいと考えていた。

大学卒業と同時に、浜松市立高校に赴任し、生徒たちの若いエネルギーに支えられて国語教育の道を邁進し続けたのである。その記録は、溪水社刊の『高校作文教育の実際』（一九八一年）、『高校作文教育の探究』（一九九四年）、『高校作文教育の創成』（二〇〇〇年）に詳述した。時間的な余裕もなく、文献検索も当時の地方においては困難であったので、『源氏物語』を学問の対象にすることを退職まで伸ばしてきたのであった。『源氏物語』を研究したいという思いは私の中で続いていた。そうした中で、昭和六一年度静岡県西部国語教育研究会の事務局担当となり、六月二八日、源氏物語研究への思いが伝わったのであろうか、私の勤務校に秋山虔先生をお招きすることができた。御講演を賜り、その後、先生の御著書を次々とお贈りいただいてきた。その著書の数々によって源氏物語研究の灯を心の奥深く暖め続けることができたのである。

著書を読むということが『源氏物語』への尽きせぬ魅力となり、研究への思いを深めさせていた。三田村雅子先生に出会ったのは、その御著書を読んだことによる。退職と同時に、当時先生が勤務なさっていたフェリス女学院大学の門を、私は敲いたのであった。三田村先生（現上智大学）は、六〇歳を過ぎてからの私の再出発を快く受け入れてくださり、源氏物語研究の道を切り拓いてくださった。それは今現在も続いている。博士課程で源氏物語研究に深く進むことができ、こうして著書としてまとめることができたのは、先生のおかげである。

本書は、二〇一二年度フェリス女学院大学に提出した博士論文「源氏物語の表現世界」にもとづくものである。本書は、二部構成となっている。

Ⅰは、時間表現、「昔」「いにしへ」、「〜後」、「暇なし」、「今」、「今日」、「ただ今」に着目し、それが物語の過去・現在・未来を語ることを考察した。

Ⅱは、「単衣」、「物きこしめさぬ」、「物まゐる」、「板屋」、「中の戸」などの衣食住の表現が、落葉の宮、浮舟、夕顔、紫の上といった登場人物の身体と関わっていることを論じた。

本書は主に、作中人物たちをとり囲む言葉の表現世界の分析を通して、いわば言葉がそれらの人物たちやその関係性、さらに物語展開を語るものとして機能することを、論じたものとなった。

こうして本書をまとめる中で、私は何のために学問しているのかという問が常にあった。その問は解決すべくもないが、研究の紆余曲折に陥りつつもここまで研究を続けることができたのは、『源氏物語』への飽くことのない思いがあったからだろう。

浜松から横浜への通学のために、浜松の家を七時前に出るためには、三時半に起きて支度をし、それでも大学のある緑園都市には、九時に着くという七年間の日々、体力と知力の限界を感じつつ、それでもと思い起こして研究に精進してきた。その日々は、私の一生の中でもっとも余裕のない学問研究の日々でもあった。充実の日々というにはまだ生々しく、苦しむことが多い毎日であった。しかし、その七年間は、学問研究に没頭できた日々でもあった。

現在は、三田村雅子先生のもとで週一回、仲間たちと共に『源氏物語』を輪読している。その研究会が私を成長させてくれた。平成二五年度に開催された日本文学協会夏季研究大会（七月、於神戸大学）と中古文学会秋季大会（一〇月、於東北大学）において、発表の機会を一年に二回も持つことができたのである。そして、その発表や掲載された論文への諸先生方の温かい御言葉の数々が、私を次の段階へと成長させつつある。

私は、一歳の時に父を亡くし、もの心ついた時は家族の労働を受け持たなければならない立場にいた。そうした生活環境の中では、勉強した時間が救いだったのかもしれない。高校、大学へは奨学金とアルバイトで行き、いつも窮乏していたことを思い出す。窮乏の中でも勉学に没頭できた充実した日々の記憶が、現在の私を支えているのかもしれない。むしろ、学問があったから、今日まで生き延びたのだろう。

博士論文の御指導は、博士後期課程では、竹内正彦先生、谷知子先生から根拠を踏まえることが重要であるとのきめ細かい御指導を賜り、博士論文を審査してくださった聖心女子大学の原岡文子先生、フェリス女学院大学の佐藤裕子先生、島村輝先生には貴重な御指摘を賜った。一方、母校の広島大学で教えを受けた野地潤家先生、大槻和夫先生には、行き詰まった時相談申し上げ、御助言を賜った。

私の研究は、フェリス女学院大学で共に学んだ三村友希氏、鈴木貴子氏、西山登喜氏、高橋汐子氏、吉澤小夏氏、上智大学の杉浦和子氏はじめ良き先輩がたや多くの仲間に恵まれて続けることができたのである。多くの方々の学恩に支えられて、四十七年間温め続けてきた『源氏物語』への思いが、こうして結実することとなったのである。

なお、本書の校正を引き受けてくださいました渥美みつ代氏、笹原富美代氏の御協力に感謝申し上げる次第である。

最後に本書の出版を快諾してくださり、温かく私の執筆を見守ってくださった翰林書房の今井御夫妻に深く感謝の意を表します。

二〇一五年三月吉日

堀江マサ子

【さ】

索　引

【著者略歴】
堀江マサ子（ほりえ・まさこ）
（旧姓中村）
1945年　香川県観音寺市に生まれる。
1964年　香川県立観音寺第一高等学校卒業。
1968年　広島大学教育学部高等学校教員養成課程国語科卒業。
1968年～2006年　静岡県浜松市立高等学校国語教師。
2009年　フェリス女学院大学大学院人文科学研究科博士前期課程修了。
2013年　フェリス女学院大学大学院人文科学研究科博士後期課程修了。博士（文学）。
現在　ＮＨＫ文化センター講師。
単著
『高校作文教育の実際』（溪水社　1981年）
『高校作文教育の探究』（溪水社　1994年）
『高校作文教育の創成』（溪水社　2000年）

源氏物語の「今」
時間と衣食住の視点から

発行日	2015年3月3日　初版第一刷
著　者	堀江マサ子
発行人	今井　肇
発行所	翰林書房
	〒101-0051 東京都千代田区神田神保町 2-2
	電 話　(03) 6380-9601
	FAX　(03) 6380-9602
	http://www.kanrin.co.jp/
	Eメール● Kanrin@nifty.com
装　釘	矢野徳子＋島津デザイン事務所
印刷・製本	メデューム

落丁・乱丁本はお取替えいたします

ISBN978-4-87737-380-1

Masako Horie
堀江マサ子

源氏物語の「今」

時間と衣食住の視点から

翰林書房